Miraç Çağrı Aktaş'tan

OLİMPOS

BANA SENİ SEVİYORUM DEME EVLEN BENİMLE
Miraç Çağrı Aktaş

Bilgisayar Uygulama: Olimpos Yayınları
Redaksiyon: Seda Durdu
Kapak Tasarım: Selma Turhan

8. Baskı: Ocak 2018
ISBN: 978-605-9176-80-4

OLİMPOS YAYINLARI
Maltepe Mah. Davutpaşa Cad. Yılanlı Ayazma Yolu No:8 K:1 D:2
Davutpaşa / İstanbul
Tel: (0212) 544 32 02 (pbx) Sertifika No: 13718
www.olimposyayinlari.com - info@olimposyayinlari.com

Genel Dağıtım: YELPAZE DAĞITIM YAYIN SANAT PAZARLAMA
Maltepe Mah. Davutpaşa Cad. Yılanlı Ayazma Yolu No:8 K:1 D:2
Davutpaşa / İstanbul
Tel: (0212) 544 46 46 Fax: (0212) 544 87 86
info@yelpaze.com.tr

Baskı: Ezgi Matbaacılık San. Tic. Ltd. Şti.
Sanayi Cd. Altay Sk. No:10 Çobançeşme/Yenibosna/ İstanbul
Tel: 0212 452 23 02 Sertifika No: 12142

Bana Seni Seviyorum Deme Evlen Benimle

Tuzlu kahve gerçek aşkın sıvı halidir...

MİRAÇ ÇAĞRI AKTAŞ

OLİMPOS

"Biz yeter ki evlenelim, eski sevgililerinin hepsine düğün davetiyelerini ben yollayacağım. Sen yeter ki 'evet' de, ben çocukları pistten aldırmayacağım..."

GİRİŞ

Hayat bir yol

Bize bu yolculuğa çıkmak isteyip istemediğimizi kimse sormadı. O yüzden bu yolculuğu son durağına kadar layığıyla yapmamız gerekiyor. Yolculuğa zarar verecek bir şey yapacak olursan, kendine de, diğer yolculara da ihanet etmiş olursun.

Bu yüzden ne kendine, ne de diğer insanlara bir zarar ver. Hatta aklından bile geçirme. Gün gelecek camın bir tarafından güneş yüzüne vuracak. Gün gelecek diğer tarafından yağmur damlacıklarının birbirine karışmasını izlerken bulacaksın kendini.

Sen camın güneşli tarafında seyir halindeyken, yağmurlu tarafından kaçırdıkların olacak. Hayat belki bundan ibaret, belki değil. Bunu bilmiyoruz. Ama yine de ihtimalleri yok etmemek lazım. Yağmurdan ve duygulardan kaçmamak lazım. Yolculuk sırasında önüne kasisler çıkacak ve belki o kasislerden hızlı bir şekilde geçtiğin zaman biraz sarsılacaksın. Ama mühim değil.

Sonunu bildiğin yolculuğun içindeki engeller seni korkutmasın. Sarsıntılarla yıkılacak değilsin. Ne sarsıntıları atlattı o kalbin.

Her insan farkını ve tarzını yapmış olduğu yolculuklarla belirler. Nereye yaptığı hiç önemli değil, kiminle yaptığı önemli. Kiminle daha hızlı çarpıyorsa kalbi, ona göre yönlendirmeli hislerini.

Camın yağmurlu tarafına da denk gelsen, güneşli tarafına da hiçbir şey fark etmiyor. Her yağmurlu akşamın güneşli bir sabahı, her güneşli sabahın da yağmurlu bir akşamı var. Bu yüzden mühim olan tek şey, yol arkadaşın…

Onu iyi seç. Camın iki tarafına da seninle bakabilecek cesareti ve duyguları olsun…

Çıkılan yolda ayağa değen her taşta, kendinden önce yanındaki yol arkadaşının acımalı canı. Acıyabilmeli ki daha bir başka gidilesi olsun yollar.

Taşlardan ve kasislerden ibaret olsa bile.

Şimdi gülümse. Kahveni yap, yaslan geriye. Camdaki yağmur damlacıklarının birbirine karıştığı andan itibaren aldıkları şekilleri izle benimle.

Size yol arkadaşı olmaya geldim…

Yaşadığınız her acıya ortak hislerim…

İyi yolculuklar efendim…

Selam olsun

Yaşamış veya yaşamakta olduğu mutluluğu zerre kadar hak etmeyen insanlar bunun sefasını sürerken, hak etmediğin acıların başrolünde oynamaktan ve bunun cefasını çekmekten sen de yoruldun değil mi? Evet fazlasıyla yoruldun, biliyorum... Yalnız değilsin...

Her ne kadar sıradanlaşsa da "yalnız değilsin" cümleleri, bazı acılar bu cümlelere sığmaz. Bizler mutluluklarımızı başkalarına bağışlayıp, hak etmediğimiz acıların başrolünde oynayan insanlarız. Hiçbir acının fırtınası sarsmaz bizim limanımızı. Hak etmesek de çekeriz üzerimize düşen acımızı.

Sonra dökülüyor dilden çaresizliğin belirtisiyle:

"Hayırlısı..."

Sence de basitleşmedi mi "yalnız değilsin" ile devam eden cümleler? Yanında olan veya olmaya çalışan kim varsa onları bir kenara bırak... Yalnızsın... "Seviyorum" dediğinde, sevildiğini hissettiğinde bile yalnızsın. Kafanı yastığa koyduğun an, nelerle mücadele ettiğini bir sen bilirsin. Bunu okuyan olarak belki bana kızacaksın. Ama dost acı söyler.

"Yalnızım" dediği noktada en çok gönlünde taşıdığının

varlığını istiyor insan. Ama bazen, hatta çoğu zaman insanın istekleri doğrultusunda gitmiyor hayat yüklü bu gemi. Hayırlısı diye diye ömür bitti. Belki de bizim için en hayırlısı, gerçekten mutluluğun en hayırlısıydı. Bu ya bizim bahtsızlığımızdı ya da yürekten sevenler olarak en büyük şanssızlığımızdı. İçten bir gülüş karşısında kalp, söz dinlemez, minik bir serçe gibi çırpınırdı. Yorulan biz, biten duygulardı…

Belki aşk ikiye ayrılırdı. Biri gerçekten hayırlısı, bir diğeri ise en hıyarlısıydı.

Her erkeğe hıyar gözüyle bakan, diyet için yediği salatada hıyarı eksik etmeyen kadın, sana da selam olsun...

Dört mevsim, dört dörtlük aşk

İnsanlar sevmek ve sevdiği kadar sevilmek istiyor. Fazlasında gözleri yok.

İnanmak, güvenmek, güvendiği insanın kendisine olan güveni korumasını istiyor. Sevdiği insanın hiç kimseden bir farkı olmadığını görmekse en çok korktuğu şey oluyor. Doğru değil mi ama?

Tüm insanların içinden alıp hayatınızda çok farklı bir yere koyduğunuz o insanın, aslında herkesten daha herkes olduğunu öğrendiğiniz anda, hissettiğiniz acının tarifi hiçbir yerde yazmıyor. Kalakalıyorsunuz olduğunuz yerde. Benim de hayatımda en büyük korkularımdan biri "Sen benim için çok farklısın" dediğim insanın gözünde hiç kimseden bir farkım olmadığını görmek olmuştur.

Hani kör olsaydım da bunu görmeseydim, dediklerim bile olabiliyor. Ama sonra diyorum ki, hangi insan bunu söylemeye değer ki?

Ama yoruldum artık güvendiğim yerden incinmekten, parçalara ayrılmaktan. Olan yaşama sevincimi aldı farklı gözüyle baktığım insanların gözünde farksız oluşlarım. Kırıldım, parçalandım da kimseler tutmadı elimden... İyileştirdiğim her yara bende derin izler bıraktı. Allah'ın bildiğini kula da söyledik diye mi tüm bunlar?

Eğer öyleyse zor da olsa gömerdik her şeyi içimize...

Bir de aynı insana defalarca kırılmak diye de bir gerçek var. Bunu da unutmamak lazım. İnancının kırılmasına rağmen ona güvenmekten başka çarenin kalmadığını kendine kabullendirip, yeniden güvendiğinde süpürürken buluyorsun kendini içindeki hayal kırıklarını. Sen süpürdükçe hepsi canına batıp, daha da acıtıyor...

Kimleri adam etti, kimleri sevdi de şu kalbim, bir kere sevdiği kadar sevilmedi. Sevdiği kadar diyorum bakın. Sevdiği kadar sevilse bir insan, bu ona fazlasıyla yeter. Bizim fazlasında gözümüz yoktu. Ama sevdiğimiz kadar sevilmediğimiz de ayrı bir koydu. Ne zaman ellerinden sıkıca tutmak istediğimiz biri olsa, o zaten hiçbir zaman yanımızda yoktu.

Biz her zaman kendi yaramızı kendimiz iyileştirdik. Yarası olan bir insanı, sadece onun yanında olduğunu hissettirerek onu seven biri tedavi edebilir. Ama bizde durum farklıydı.

Düşününün, bıraktıkları acıların bile bir farklılığı vardı. Ve biz onların gözünde gayet sıradandık. Ama hata bizde, adam sandık. Adamlıktan önce insan sandık. İlk evvela insan olarak sevdik. Sonra içimizdeki yaşama sevinci ve hayal kırıklarıyla birer birer bittik...

Annem her zaman insanları dört mevsim tanımam gerektiğini söylerdi.

Ve şöyle bir bakıyorum ki, insanlar birbirlerini tanımadığı halde hayatına dâhil eder olmuş. Biri, bir diğerinin sevdiği hiçbir şeyi bilmezken, onu sevdiği ağzından eksik olmuyor...

Ve böyle insanlar yüzünden aşk ayaklar altından kalkamıyor. Sonra aşkı yaşamayı hak eden insanlar aşka inanmıyor. Bir insanı günlerce, aylarca ve hatta yıllarca tanıyabilirsiniz. Ya da tanıdığınızı zannedersiniz.

"Ben onu, bana vereceği cevaba, en sevdiği yemeğe, en sevdiği renge, izlediği filmlere, dinlediği şarkılara kadar çok iyi tanıyorum." demek başka bir olay. İşte tüm bunların hepsine gönül rahatlığıyla cevap verebilecek insanlar aşka olan inançlarını yitirdikleri için, sevmenin ne demek olduğunu bilmeyen, ama "Seni Seviyorum"u dilinden eksik olmayanlar tarafından oradan oraya güdülüyor aşk...

Bir insan yeri geldiği zaman size sunduğu güveni tek bir sözüyle yerle bir edebilir. Güven emek ister. Ama bu hayatta herkes emekçi değildir. Aylarca tanıdığınızı zannettiğiniz insan gün gelir, "Ben bu insana mı güvenip sevmişim?" dedirtir. Allah o insanlardan eylemesin bizi...

Gerçekten de insanların bukalemundan farkları yok. Bulunduğu mevsime ve ortama göre renk ve ayak uyduruyorlar. İlkbahar - Yaz - Sonbahar - Kış.

Bu dört mevsimi, güvenmek istediğiniz insanla yaşamak onu tanımanız için iyi bir zaman dilimi. Sevmek istediğiniz insanı bu zaman dilimini göze alarak bir ağaca benzetmeniz mümkün. Cinsiyet ayırt etmiyorum. Kadından daha çok seven erkek de gördük, erkekten daha duygusuz kadın da. Herkes ne yazık ki yürek sahibi olamıyor. Kadın ya da erkek olması hiç fark etmiyor...

Ağaç yerine koyduğunuz insanın ilkbaharda yazı müjdelemek için tomurcuklar açtığını görürsünüz. Sonra yeşerir, hatta meyve bile verir. Ve siz bu ağacın sadece meyvesinden faydalanmakla kalmadığınız gibi yazın sırtınızı dayayıp, gölgesinde de dinlenebilirsiniz...

Sonbaharda ise hüzünlendiğini ve her gün büründüğü duygusallığıyla yapraklarını döktüğünü görürsünüz. Duygularının ne denli derin olduğunu hissetmek için iyi bir mevsim...

Kışın ise sadece odun hali göze çarpar. Ama savaştığı onca fırtınaya rağmen dimdik ayakta durduğuna şahit olursunuz. Yeşermeyen ağaca kimse su vermez bu hayatta. Diyeceğim o ki bir insanı tanımak istiyorsanız, onunla dört mevsimi birlikte yaşayıp, onu hissedin.

Eğer dört mevsimi de yaşayıp yine bir sonuç elde edemediyseniz, tohumu çürük olan ağacın meyvesini yiyemezsiniz...

Dört dörtlük şiirler hep duyguları ve kalpleri çürük olanlara yazıldı. Oysa o şiirlerin mısralarında olmayı dahi hak etmediler.

Bari bırakın da dört mevsimi dört dörtlük aşklarla yaşayalım...

Aşkı bu dört mevsimin ilkbaharında, yazında, sonbaharında ve kışında farklı anlamlarla ve yaşanmışlıklarla yaşamanız dileğiyle...

Küçük Bir Dipnot: *Hiçbir şey dört dörtlük olmasa da üç buçuk atarak sevin... Çünkü kaybetmekten korkarak seven kalbin sevgisini sorgulamak hiçbir Allah'ın kuluna düşmez...*

Bıraksan da beni yarım, uğramasın sana ahım.

(Yeter bana okuduğum kitaplarda rastladığım acılarım.)

Sonra okuduğum bir kitapta adına rastladım. Altını çizdim. Kitabı okuduktan sonra kaldırıp bir köşeye koydum. Kitaplarımı başkasına vermek gibi bir huyum yoktur. Daima saklarım. Çünkü onların içindeki altı çizili cümleler, benim acılarımın en büyük ortağıdır. O cümleleri okuyan herhangi bir başkası, beni kendi acılarımla yeniden yaralayabilir.

Adını neden çizdiğimi sorarsan, şöyle açıklayayım: Bu hayatta senin varlığını ne zaman hissetmek istesem, hiçbirinde yanımda yoktun. Tüm bunları geçtim, yanımda zaten yoktun. Olsaydın ben ne yapar ne eder hissederdim seni.

Arda kalan üç beş fotoğrafla çok ağır ödedim seni sevmeyi. Bahşiş olarak bıraktım aşk masasına en güzel hislerimi. Merak etme, senden sonra böyle sevmeyeceğim kimseyi. Sen de hangi aşka adım atarsan at, içimdeki acıyla seni sevdiğim günleri anımsa. Anımsa ki, pişman ol. Ol ki çok seven bir insanın gözünden de bakabilmeyi öğren hayata. Bencilce davrandığın günleri ve sadece kendi pencerenden bakmalarını kaldır rafa. Çünkü lazım olmayacak sana bu aşkta…

Geriye kalan fotoğraflarla, hissizliğe düştüğüm boşluğun daha da derininde buldum kendimi. Kaçmak için attığım her adımda…

Sana attığım adımların hepsinden sıfır alıp, aşktan sınıfta kaldım. Seni sevmeyi bir ömür tekrar ederim diye…

Sorsan "Değdin mi?" diye kalbime, bular yine seni en güzel hislerime…

Sever yine değmeyecek olduğunu bile bile…

Beni yarına çıkmayacakmışız gibi bugün sev.

Hayatın insana neler getireceğini bilemeyiz. Bilinmeyen bu durum içinde bize neyin geleceğini bildiğimizi veya bileceğimizi zannederiz. Genellikle bu doğrultuda yaşarız hayatı.

Beş dakika sonramızın garantisi yokken, günler sonrasının yapılır planı. Ki insana verilen en büyük lütuftur hayatı. Ve biz buna rağmen bugünümüzü yaşamak yerine, daha çok önemseriz yarınlarımızı.

Planlarınız olmasın demiyorum. Onları yine bir köşede tutup, bugünü yaşamaya önem gösterin. Çünkü her şey için geç olursa, "yarın" hiçbir şeyi telafi etmeye yetmez. Ne dünü bugüne getirebilirsin, ne de yarını bugüne. Bugününüzü yaşayın en güzel hislerinizle...

Ben bu hayatta her zaman her şeyde bir hayır olduğuna inandırdım kendimi. Allah'tan istediğim her ne varsa, olur ya da olmaz. Hiç fark etmez. Olursa şükreder, olmazsa vardır Rabb'imin bir bildiği derim...

Yapılan planlar, bugün hissedilenlerden daha önemli hale gelse de hayatımızda, Allah hepimize bugünümüzü dolu dolu yaşatıp, çıkarsın bizi en güzel yarınlara...

Bugününü yarınınmış gibi yaşa.

Geç kalma.

Hem aşka…

Hem hayata…

Şükretmeyi bilen kalplere…

Daima Aşkla…

Bazen evlat bile bir babaya çok şey öğretebilir.

Babalık duygusu gibi… Merhamet gibi… Sevgi gibi…

1. BÖLÜM

Şükretmeyi bilen kalbe sunulan her sevgi helaldir.

İnsan yaşamış olduğu şeylerden yola çıkarak adım atıyor geriye kalan zamanda. Önüne kim çıkarsa çıksın bir şüpheyle bakıyor attığı adımlara. Sevmekten korkmuyor.

Korktuğu tek şey kendini yine aynı acıların başrolünde bulmak oluyor. Geçmişindeki yaşanmışlıklardan ders alıp, karşısına kimin çıktığı fark etmiyor. Bu dersi o insanda uyguluyor. Ne kadar başarılı olduğu tartışılsa da aynı acıları yaşamaktan korkmak diye bir olay var. Hangi cümleyle anlatmaya çalışırsan çalış, anlatamazsın. Yazmaya kalksan kelime haznen yetersiz kalır. Hissettiremezsin. "Anlatılmaz yaşanır" dedikleri cümle yaşadığımız veya hâlâ yaşamaya devam ettiğimiz acılar için söylenmiş sanki.

Ama siz yaşamayın tabii ki. Merhamet sahibi kalplere Rabb'im hiçbir zaman yaşamış olduğu acıları tekrarlatmayıp, nice mutluluklar nasip etsin. Çünkü sevmeyi ve sevilmeyi sonuna kadar hak eden kalplerdir merhametle kalan kalpler... Her ne kadar sevilmeyi hak edenlerin hakkı yense de bu dünyada, helal olmayan hiçbir sevgi kalmaz kimsenin yanına...

Kul hakkı yiyen insanların Allah katında affı olmamasına

rağmen yense de hakkımız, afiyet bal şeker olsun. Merhamet bizim kalbimizle olsun. Çünkü o kalbe yakışan en güzel şeydir…

Kalbinizin daima merhametli kalması dileğiyle.

Hâlâ sızlasa da kırılan kalpleriniz, dert etmeyiniz. Ne olursa olsun ellerinizi göğe açınız, bakınız sizinle Rabb'iniz…

Korkularımı duygularıma buladığım zaman çıkamıyorum işin içinden. Ağır basıyor acıyan yanlarım. Aşktan her ne kadar korkarsam korkayım, yine aşka sarılırım. Çünkü ben aşka âşık bir adamım. "Kır çiçeğim" dediğim bir kadına sarılamazsam şayet, sızlar kaburgalarım. Ben de böylesine duygularıyla barışık bir insanım. Bazen duygularım bana yanlış seçimler yaptırsalar da, onlardan vazgeçmiyorum. Onları ertelemiyorum. Çünkü ben böyle yetiştirdim duygularımı. Ertelenen duygular mutluluğa geç kalırlar. Sevmekten kilometrelerce uzaklaşmış insanlar tarafından rafa kaldırılırlar. Ve mutluluk yerine sahne alır acılar…

Ben yaşadığım acılardan kendim ders alıyorum. Karşıma kimin çıktığına değil, kimin ne için çıktığına bakıyorum. Hayatın bana sunduğu her şeyden kendime pay biçiyorum. Ve aldığım derslere kimseyi tabi tutmuyorum. Geçmişim yüzünden geleceğimdeki insanları bir kenara itmiyorum. Beni gün ışığına çıkaracak olanlar geçmişimin gölgesinde hayal kırıklığına sebebiyet verenler değil, geleceğimdeki insanlardır.

Güzel kalbe sahip insanlara hak etmedikleri gibi davranamam. Bu onlara haksızlık olur, ihanet olur. Ben hiç ihanet eden adam olmadım. Benim tüm ihanetlerim kendimeydi. Artık sevmeyeceğim dediğim günlerin ardından, değmeyen kalpleri severken buldum kendimi...

Ne yaparsam yapayım kendime yapıyorum daima. Yaşadığım aşktan yorgun ve yenik düşen taraf olduktan sonra iki yıl boyunca aşkla arama dağlar, şehirler örerek ondan uzaklaştım.

Bahsettiğim gibi duygularımı rafa kaldırdım. Mutluluk yerine sahne aldı acılarım. Ve uzun bir süre onları izlemek için seyre daldım...

Bu süre içinde hayatıma birini dâhil etmeyi kesinlikle düşünmedim. Çünkü buna hazır değildim... "Neye?" diye sorarsanız şöyle açıklayayım; ben bir kadının karşısına çıkacaksam eğer, her şeyimle tam takım çıkmalıydım. Bir kadın tam anlamıyla sevilmeliydi zaten. Yarım bırakılmamak üzere eksiksiz sevilmeliydi...

Daha hazmedememişti yüreğim gidişleri. Aynı acıları hem karşımdakine, hem de kendime yaşatmamak için, kendimi dinlemeye ihtiyacım vardı. Hayatıma birini almak marifet değildi. Herkes hayatına birini dâhil edebilirdi. Ama herkes kalpten sevemezdi. Ben gerçek aşkın, kalpten ve yürekten sevmek olduğunu bildiğim için ve yarım yamalak sevme taraftarı olmadığım gerekçesiyle herkesten kaçtım. Çevremdeki insanlara gökkuşağı gibiydim. Adeta renkler saçtım. Ama ben sadece kendime siyahtım. "İyi ki varsın" dediğim insanların, bir süre sonra iyi ki yanımda olmadıkları için şükrettiğim zamanlarda, o siyah dünyanın en derininde uykuya daldım.

Ve kendimi bir çalar saat gibi gerçekten tam anlamıyla sevebileceğim, sevdikçe yeniden doğmuş gibi hissedeceğim kadına kurdum.

Bu yüzden eksiktim. Sevmesine sevebilir miydim? Belki sevebilirdim. Ama bir anlamı olmayabilirdi. Bilirsiniz sevgiler anlam içermeliydi... İnsan öyle kuru kuruya sevmemeli, kurduğu cümlelere bile anlamlar yüklemeliydi…

Ama bunların hiçbirini yapmadı seviyorum diyenlerin kalpleri.

Hayatınızdaki insanı ona anlamlar katarak sevmeliydiniz. Bize bir kere sunulan bu hayat nimetinde, dualarınızda sakladığınız insan, kalbinizi sevgiyle her doyurduğunda, çok şükür diyebilmeliydiniz…

Tüm sorulara cevap olarak onun adını vermeliydiniz. Çünkü hayatınıza bir kalbi dâhil ediyordunuz. Onunla tüm mutluluğunuzu, acılarınızı, sevinçlerinizi, benliğinizi paylaşıyordunuz.

Kısacası hayatı paylaşıyordunuz tam ortadan. Tamam bu hayata sadece aşkı yaşamak için gönderilmedik. Bunu ben de biliyorum. Bu hayattaki sınavımız Allah'a ibadet ettikten sonra, içinde Allah aşkı olan bir kalbe adamaktı ömrü... Biz bunu iyi biliyorduk…

Çoğu zaman sustum. Kimse duymadı suskunluğumu. Sustum, dilsiz zannettiler. Yalan yanlış duyguları duymamazlıktan geldim, sağır dediler. Çok sevdim, saf yerine konuldum.

Bazen gülüşlerimde sakladım acılarımı. Mutlu zannettiler. Lakin acısı ağır insanlar, acılarıyla gülerdi. Bunu bilmediler…

İki yıl boyunca kendi kabuğuma çekildim. Kendimi dinleyeceğim uzun zamanlarım oldu.

Hayatım karmakarışıktı. Düzenli olan hiçbir şey yoktu. Ben sadece kalbimi dinledim. Bunca olan şeyin arasında sadece yalnızlığımı dinledim. Çünkü bana iyi gelen tek şey buydu. Kendimi dinlemek…

Üniversite hayatımı askıya almıştım. İzmir'in Seferihisar ilçesinde Dokuz Eylül Üniversitesi'nde işletme öğrencisiydim. Bir müddet sonra okulu bıraktım. Seferihisar küçük, yaşlı ve emekli ailelerin bulunduğu kasaba gibi küçük bir yerdi. Sığacık sahili vardı. Beni harikulade hislere iten bir yerdi. Oraya her gittiğimde yenilikler keşfettim kendimde. Üç ay boyunca orada yaşadıysam, bunu Sığacığın sahiline borçluydum. Harika bir yerdi. Okuldan çıktıktan sonra hep oraya gider, güneşin batışını izlerdim. Güneş, batmadan önce oturduğum sahilin kıyısına adeta yol çizerdi ışıklarıyla. Yürümek isterdim o suyun üzerinde siyahın derinliklerindeki duygularımla. Onları maviye kavuşturmak isterdim…

Yolun sonunu düşünmez, sadece yürümek isterdim. Ama mümkün değildi. Sonunu bildiğimiz yollarda yürüdüğümüzde ne gibi sonuçlar elde ettiğimizi biliyoruz. Ama yine de yürümekten vazgeçmiyoruz. Aslında mesele sonunu bilmediğimiz yollarda yürümekti. Tıpkı öleceğini bildiğin halde, ne zaman öleceğini bilmediğin gibi.

Ama sonuç belli. Yine yürümekten vazgeçmemeli…

Kendimi sorguya çekerdim hep o sahilde. Duygularımı ve hislerimi sorgulardım. Yaşadıklarımı gözden geçirir, ölmeden önce yaşamak istediğim şeylerin arasına yenilerini eklerdim, yüzüme yansıyan batan güneşin ışığıyla. Güneş battıktan sonra eve gidiyordum. Çünkü düşünmekten ve biraz yürümekten başka yapabileceğim bir şey yoktu orada. İzmir desen, bulunduğum yere bir iki saat uzaklıktaydı. Zaten çıkıp gezmişliğim ve İzmir'i birlikte yaşayacağım kimse yoktu. Bulunduğunuz şehirde aynı havayı soluduğunuz insanı coğrafyanızın içinde hissetmek yürüdüğünüz sokakları daha anlamlı kılıyordu.

Bir süre sonra orada boğulduğumu, nefes alamadığımı hissettim. Yapamadım. Yaklaşık üç ay gibi bir zaman diliminde okulum için orada kaldım.

Bu süre sonunda okula devam edemediğim için oradan ayrıldım. Ama nereye gidersem gideyim, kalbimdeki çalar saat daima kuruluydu. Duygularıma kimseyi ortak etmedim. Geçen beş aylık bir süreçte ben sadece kendi kabuğumdaydım. Yapmış olduğum tek şey buydu... Kendimle yüzleşmek...

Güzel anılar biriktirdim. Birikimi güzel olan ne varsa ömrü de uzun oluyor. O yüzden içimde sakladığım ömrü uzun cümlelerim var. Onları anca, gözlerine baktığım zaman kendimi gördüğüm, geleceğim dediğim kadının varlığını hissedince çıkaracağım gün yüzüne. Gerçek bir güne acılarıma ortak olan bir kadının gözleri üzerime doğduğu zaman uyanacağım...

Ve rafa kaldırdığım duygularımı yeniden ele alıp, hissedip okuyacağım. Okulu bıraktıktan sonra doğduğum yere geri döndüm. Manavgat'a döndükten sonra özel bir şirkette satış temsilcisi olarak işe başladım. Yüksek bir maaşa çalışmıyordum belki, ama işimi severek yapıyordum. Uğraş verdiğim her şeye sevgi katan biriydim. Ve sevgi kattığım her şey sonrasında daha keyifli hâle dönüşüyordu. İnsanlar hariç. Bu yüzden hiç şikâyet etmiyordum. Annem otelde çalışıyordu. Hamile olmasına aldırmıyor, karnı burnuna gelene kadar çalışmaktan vazgeçmiyordu. Annem oluşunu bir kenara bıraktığımda, bu kadındaki sabır beni kendine hayran bırakıyordu.

Karnı burnuna geldiği zaman işi bırakmak zorunda kaldı. Bir gün annem kapının önünde, dolabında asılı olan ceketini istedi. Belli ki evin önüne çıkacaktı. Dolabını açtığımda elimi tam askıya atacakken, doğacak olan kardeşimin paketinin içindeki kıyafetlerini gördüm. Ufacıktılar. Nedenini bilemediğim bir duygu patlaması sardı beni. Nedendir bilmiyorum, ama gözlerimin dolduğunu fark ettim. Tuhaf hissettirdi. Çocukluğunu yaşayamayan adamın yeni bir kardeşi oluyordu.

Tüm bu olan bitenleri benimseyemediğim doğruydu. Ta ki kardeşim olana kadar. O dünyaya geldiği zaman işler değişti tabi.

Ben yine çalışmaya devam ediyordum. Annem üç yıllık evliydi. Evliliğinin ilk senesinde bir çocuğunu kaybetmişti. Üçüncü yılındaysa bir erkek kardeşim oldu. Ve adını Yiğit koydular. Adı gibi yiğitçe yaşayasıca…

Onun gözlerine baktığımda benimseyemediğim birtakım şeyleri kabullendiğimi ve kendimce özümsediğimi hissettim. Baba sevgisi nedir bilmem ben. Annemle büyüdüm.

Bunu rahatlıkla söyleyebiliyorum. Annem de vicdan rahatlığıyla, göğsünü gere gere okuyabilir bu satırları.

Benim odamda sakladığım bir kutu vardı. O kutu benim

için çok özeldi. Nedenini sorarsanız, içinde ileride bir kızım olursa diye kendi ellerimle onun seyrek ve yumuşak saçlarına takmak için biriktirdiğim minik toka ordusu, eğer bir oğlum olursa da, onun için sakladığım Vosvos koleksiyonum vardı. Kimse bilmiyordu bu kutuyu. Dediğim gibi kendi dünyamı yaşıyordum ben. Yazıp katladığım mektuplarımdan bahsetmiyorum bile.

Bir adam, ileride doğmayan, henüz anne karnında bile olmayan kızına mektup yazabilir mi demeyin. Yazabiliyor.

O mektupların arasına bir yenisi de kardeşim Yiğit için olanı eklendi…

"Adı gibi yiğitçe yaşayasıca…"

Benim yaşayabileceğim bir çocukluğum olmadı. Sevinçlerim, ufak mutluluklarım olmadı. Ben küçük yaşımda daima acılarla cebelleştim. Doyasıya yaşayabileceğim güzel günlerim olmadı. "Senin neyin vardı?" diye soracak olursan eğer…

Mahallede en sinir olduğum çocuğun bilyelerini saatler süren emeğim karşısında ütüp, eve inanılmaz bir bel ağrısıyla dönmelerim vardı. Kendi dünyamı yaşamaya o yaşlarımda başladım ben. Hiç unutmam, o çocuğu ütünce babasının gelip üttüğüm bilyeleri elimden alması karşısında kayıtsız şartsız, savunmasız kaldığımı hissedince, kimsesiz olduğumu hissetmelerim var…

O bilyeleri benim oğlum hak ederek kazandı, diye oğlunu savunabilecek bir babamın olmayışı var…

Kardeşime...

Sana bu mektubu, beni anlayabilmen ve hissedebilmen için Rabb'im ömür biçerse, sen benim şu andaki yaşıma geldiğinde vereceğim. Belki benim yaşayabileceğim bir çocukluğum olmadı. Belki beni savunabilecek bir babam olmadı. Ama annem var olsun, hep yanımdaydı. Allah ona seni yetiştirebileceği bir ömür, sana da çatır çatır yaşayabileceğin bir çocukluk nasip etsin...

Sen şimdi melekleri izliyorken, ben bunları gözümde yaşlarla yazıyorum.

Bana sorarsan eğer, keşke senin yerinde olsaydım; melekleri başucumda görmeyi, insanların duygularımla oynamasına değişmezdim.

Çocuk yanı eksik kalan abisinden, çocukluğunu doyasıya yaşamasını istediği kardeşine...

Yiğitçe kal...

16 Ekim Cuma-2015 / 21: 34

Bu mektubu özellikle çok iyi saklamalıydım. O kutuya kimseden söz etmemiştim. Sadece sakladım. Çünkü her insanın sakladığı bir dünyası vardır içinde. İçine kimseyi almadığı...

Alırsa o dünyanın yerle bir olmasından korktuğu... Bu yüzden alamadığı...

Benim dünyam da buydu işte. Dünyam duygularımın ekseni etrafında dönüyordu. Bunu kimse bilmiyordu.

İş yerindeki çalışanların hiçbiriyle iş dışında muhabbetim yoktu. İş icabı mecbur kalmadıkça muhabbete bile girmiyordum. Çünkü o aralar her şeyle, herkesle bağım kopmuş durumdaydı. Hayatla bile. İşten eve, evden işe gidiyordum.

Hayatım bu köprü arası kuruluydu. Çalıştığım şirkette on üç - on dört kişi falan vardık. Ama çoğuyla çalışma vardiyalarımız farklıydı.

En eskilerden çalışanlar da vardı. En yeniler de. Ben de yeni sayılırdım. Ama işimi temiz ve severek yapıyordum.

Aldığım maaş yüksek olmasa da, parayı hak ediyor olmakla bile yetinip mutlu olabiliyordum. Gece kafamı yastığa koyduğum zaman şükretmeme engel değildi kazandığım paranın miktarı. Aç karnına taş bağlayan Peygamber'in ümmeti olarak, dişimin kavuğunu doldurabilecek parayı ve fazlasını kazanabildiğim için şükrediyordum.

Her gece kafamı yastığa koyduğum zaman şükretmeden uyumazdım. Günü geçirebildiğim, karnımı doyurabildiğim, kendi paramı kendim kazanabildiğim ve en önemlisi yaşamayı başarabildiğim için şükrediyordum.

Annem "Ne olursa olsun, şükretmekten vazgeçme, şükür bereketi artırır." derdi.

Bende olmayana Rabb'imin vermesi için daha fazla şükrederdim.

Kural 1: Şükretmeden Uyuma.

Bir gün iş yerinde bir olaya tanık olduk. Ve o gün yaşanılan olay hepimizi sarsmış, çalışma motivasyonumuzu düşürmüştü. Şirketin muhasebe bölümünde çalışan Buse adında bir arkadaşımızın, kasada fazla açık çıktığı söylenerek işine son verilmişti.

Neden böyle bir şey yaptıklarına anlam veremedik. Herkes şaşırmıştı.

Hayatımda en tahammül edemediğim şey de haksızlık yapılmasıydı. Kim olursa olsun, işine son verilen ben olmasam da bu durum benim canımı ciddi anlamda sıkmıştı.

Buse'yi pek tanımıyordum. İş gereği birkaç kez diyaloga girmişliğimiz vardı sadece. Onun dışında ne o beni, ne de ben onu tanıyordum.

Günün sonunda Buse'nin hesabı kesilecekti. Ve onun bugün burada son günüydü. Haliyle herkes biraz sarsıldı tabi. Bu moralle nasıl çalışabilirdi ki? Çıkış saati yaklaşmaya başladı. Yavaştan herkesle helalleşirken gördüm onu. Her ne kadar ağlamasa da, gözlerindeki bakışlarından belliydi çaresizliği ve haksızlığa uğradığı. Benim de elimden gelen bir şey yoktu. En az onun kadar ben de çaresizlik hissine bürünmüştüm. Birbirimizi pek tanımasak da benimle de vedalaşacaktı. Herkesle vedalaşmasını tamamlayıp, bana doğru geldi ve buğulu gözlerle karşıma dikildi.

"Hakkını helal et Batur. Bugün benim burada son günüm. Malum, işime son verildi. Benden yana bir hak varsa, o da helal olsun" dedi.

O an haksızlığı ve çaresizliği ciddi ciddi hissetmiştim.

"Helal olsun. Herkes çıktıktan sonra bana bir iki dakikanı ayırabilir misin? Konuşmak istiyorum seninle." diye ekledim.

Şaşkın bir yüz ifadesiyle "tabi" diye cevapladı.

"Teşekkür ederim, kapının önünde görüşürüz." dedim. Mesai saati dolan herkes çıkmak için hazırlanıyordu. Ben de herkesin çıkması için biraz oyalandıktan sonra ceketimi alarak şirketin kapısına doğru adımlamaya başladım. Kapıya geldiğimde onu göremedim. Biraz etrafa bakındığımda onu yukarıdan inerken gördüm. Bana doğru adımladı. Hafifçe tebessüm ederek: "Merhaba, benimle konuşmak istediğin bir şey mi var?" diye sordu.

"Evet, işten neden çıkarıldığını biliyor musun? Yani seni işten çıkarma sebepleri ne? Neden böyle bir şey yapmışlar?"

Yüzümdeki merakı idrak edebilmiş bir şekilde; "Bilmem biliyor musun, ama ben epey bir zaman bu şirketin muhasebe bölümünde çalışıyordum. Geçtiğimiz üç ayın açığı fazla olduğu için benimle artık çalışmamalarının daha mantıklı olduğunu söylediler. Ne saçma. Bazı insanlara mantıklı gelen şeyler, kimine mantıksız ve alakasız gelebiliyor. Ben bu şirket için çok emek sarf ettim. Benim annem hasta. Buradan kazandığım paraya muhtaç olduğumu biliyorlar. Kazandığım parayı ise annemin tedavisi ve ilaçlarına harcadığımı da biliyorlar. Ne amaçla bunu bana yaptılar bilmiyorum, ama Allah her şeyi görüyor ve biliyor. Bu yüzden bana bu kapı kapanmış olsa da, eminim ki nice kapılar açılacaktır.

Kardeşim ve anneme bakmak için çalışıyordum bu şirkette. Kardeşim vefat edince, annemin hastalığı biraz daha ilerledi. Hastalığını kaldıramayacak duruma geldiği için benim de bir ayağım çukura girdi. Hayat öyle oyunlar oynadı ki bana, oynanan oyunların bazılarını kazansam bile galibiyet sevincimi yaşayamadım. Çünkü daha büyük acılarım vardı. Babam yoktu başımızda. Annem kardeşim ve ben sadece üç kişi idare ettik birbirimizi yıllarca. Maddi açıdan çok sıkıntılar yaşadık. Ama çok şükür elim ayağım tutuyor da en azından eve ben ekmek götürebiliyorum. Yani götürebiliyordum. Neyse, kafanı şişirmeyeyim daha fazla. Hem sen neden bu kadar merak ettin ki beni işten çıkardıklarını?" diye sordu.

"Kardeşin ve annen için çok üzgünüm. Özür dilerim. Acılarını hatırlatmak istemezdim. Kafamı da şişirmedin. Ama ben senin haksızlığa uğradığın hissine kapıldığım için bu konu merak uyandırdı bende. Acılarımız aynı. Ama seninki biraz daha ağır sanırım. Her insanın acısı da kendine büyüktür zaten. Benimkinde ölen yok sadece. Tekrar özür dilerim. Sadece merak ettiğim için, sana sormak istedim. Başka bir amacım yok."

"Hayır, önemli değil. Merakını anlıyorum. Acılarımı hatırlatma mevzusuna gelince sorun yok. Her gün yüzleşiyorum ben onlarla. Alışkın bir bünye var karşında. Hayata tutunduğum tek dal şu anda annem. Ondan güç alıyorum… O da olmasa ne yapardım bilmiyorum. Neyse, ben yavaştan gideyim eve. Geç kaldım zaten. Annem merak eder. Kendine iyi bak. Hoşça kal..."

"Peki, hoşça kal. Allah annene sağlık versin. Sağlıcakla kal…" diye konuşmayı bitirdim. Ve orada ayrıldık. Eve gitmek için durağa doğru adımladım. Durağa giderken yıldızları kırmızımsı bulutlar örtmüştü. Yağmur yağacaktı sanırım. Durakta bir müddet bekledikten sonra dolmuşa binip eve gittim. Eve gittiğimde herkes uyumuştu. İş yerinde yemeği geç yediğim için karnım toktu. Duş alıp uyudum. Ertesi sabah hazırlanıp yeniden şirkete gitmek için yolda aklıma Buse'nin işten çıkarıldığı geldi ve yine canım sıkıldı. Kızcağızın annesi hastaydı. Oldukça çaresizdi. Elimden de bir şey gelmiyordu ki. Ben de bu yüzden çaresizdim. Bu birkaç gün böyle sürdü. Ve bir iki kişiden Buse'ye gerçekten haksızlık yaptıklarını, fazla tazminat ödememek için onu işten çıkardıklarını öğrendim. O kadar dokundu ki bana… Bu haksızlık da değildi, daha üst boyutuydu.

Bu benim bile zoruma gitti. Sen gel burası için emek ver, ter dök… Adamlar sana fazla para ödememek için işten çıkarsın.

Ben bunu kendime yediremeyip, şirketi şikâyet ettim. Ve bu olayla yakından ilgilenmeleri için rica ettim. Ne kadar işe yarardı bilmiyorum, ama sessiz kalmaya tahammül edemezdim. Gidip her şeyi anlattım.

Ve bir müddet ses çıkmadı. Az bir zaman sonra şikâyette

bulunduğum öğrenilince benim de Buse gibi işime son verildi. Hiç şaşırmadım. Gerçekleri kabullenemiyordu insanlar. Bu yüzden eziliyorlar altında. Ezildikçe müdürlük koltuklarıyla eziyorlar güçlerinin yetebildiklerini. Ama benim kendimi yetiştirme tarzıma bu aykırıydı. Ben yeşil ışık yakamazdım bu duruma. Ne kimsenin hakkını yer, ne de hakkımı yedirirdim. Ben de herkesle helalleştim. Kısa süredir burada çalışsam da vedalaştığım herkesle sarılarak ayrıldık. Ve belli bir müddet işsiz kaldım. Bunu haber alan Buse de çok üzülmüş bu duruma. İş arkadaşından sisteme bakmasını söyleyip, numaramı almış ondan. Sonrasında zaten beni arayıp neden böyle bir şey yaptığımı sordu. Ben de "Keyfimden yapmadım herhalde, mecbur kaldım." dedim.

"Nasıl yani? Şirketi şikâyet etmeye mi mecbur kaldın?" diye sordu. Bak Buse; "Hayatta en çok hazmedemediğim, tahammül edemediğim şey, insanlara haksızlık yapılması. Böyle durumlar karşısında kendimi tutamıyorum. Nedendir bilmem ama sessiz kalamıyorum. Hayatında birçok kez haksızlığa maruz kalmış biri olarak konu bu olunca kayıtsız şartsız kalıyorum.

Bu duruma sessiz kalamazdım. Çünkü her şey bu kadar kolay değil. Bir insanın ekmeğiyle oynanıyor sonuçta. Hem de kazandığı paraya ihtiyacı olan bir insanın ekmeğiyle oynanıyor. Kimisi kazandığı parayı nerelere harcarken, sen hasta olan annenin ilaç tedavisi için kullanıyorsun. Kuruşu kuruşuna hem de. Hayatında en çok değerli varlığı annesi olan bir adam, bu olay karşısında sessiz kalamazdı. Bu yüzden seni üzecek bir şey yaptıysam, senden özür dilerim. Beni de işten çıkardılar ama sorun değil. Senin de dediğin gibi, bu hayatın bir kapısı kapanırsa, Rabb'im bin kapı açar kuluna. Canı gönülden inanır kalbim buna. Bu yüzden bize kapanan kapıların üzüntüsünü yaşayıp, daha çok dibe batmaktansa su yüzüne çıkmaya gayret gösterelim. Dipler bize göre değil. Hele sana göre hiç değil. Annenin senin desteğine ihtiyacı var. Yapabileceğim bir şey olursa hiç çekinmeden bana söyle. Bu maddi bir konu olsa bile! Lütfen bana söyle..." diye söyleyeceklerimi bitirdim.

O da duygulanmış bir sesle bana sadece "Allah razı olsun senden, senin gibi insanların var olduğunu bilmek bana yeter de artar bile." diye cevap verdi.

"Allah senin gibi yüreğe sahip olan insanların hepsinden razı olsun." diyerek telefon görüşmesini sonlandırdım.

O da duygulanmıştı ben de. Bu duruma acayip üzülmüştüm. Diplerden çıkamayan bir adam olarak, dipler bize göre desem de, dibe batmak gerçekten Buse'ye göre değildi. Çünkü onun desteğine ve gülen yüzüne ihtiyacı olan bir kadın vardı... Bir anne vardı...

Terzi kendi söküğünü dikemez derler ya, aynen öyle işte... Ne sökükler diktim, hep açık kaldı yaralarım. Kimsenin beni sarmasını beklemedim. Acısı olan kim varsa koştum. Acısını hafifletmek için elimden ne geliyorsa yaptım. Ama bir kendi acılarıma çare bulamadım.

Kural 2: Acılarına onlarla yeniden karşılaşmayarak haddini bildir.

Bu yapılan yanlış karşısında şirketi şikâyet ettiğim ve haklı pozisyonda bir şikâyette bulunduğum için Buse'yi işe geri çağırmışlar. Ama o kabul etmemiş. Beni de aramışlardı, ben de gitmemiştim. Bir müddet parasız gezdim. Kendime göre çalışabileceğim bir iş bulamadım.

Kış sezonu olduğu için oteller de kapalıydı. Bir müddet sonra Buse'nin daha iyi bir maaşla yeni bir işe başladığı haberi geldi kulağıma. O kadar sevindim ki... Ondan daha çok mutlu oldum desem yeridir. Onu arayıp çok mutlu olduğumu, haksızlıklar karşısında susmaması gerektiği uyarısında bulundum. Bilmiyorum beni ne kadar dinlerdi, ama ben bir arkadaş olarak uyarmak istedim. Arkadaş mıydık onu bile bilmiyordum ama işte yine de arayıp söylemek istedim.

O da teşekkür ettiğini ve daha dikkatli olacağını söyledi. Yine kısa bir telefon görüşmesinden sonra sahile gidip, yürümeye karar verdim. Evimiz sahile yürüme mesafesi ile on beş - yirmi dakikaydı.

Ne zaman çıkmaz bir sokağa girsem sahile gider, yürüyüş yapar açılırdım. Hava bulanıktı.

Kendimi dinleyebilmem için güzel bir gündü. Havanın kararmasına üç-dört saat vardı. Ve ben hava kararana kadar sahil boyu yürüdüm. İçimde çıkmaza giren bazı hisler vardı. Yürümek biraz da olsa beni rahatlatmıştı.

Hayatımın belli bir dönemi sessiz sakin geçti. Bir gün tanımadığım bir numara beni aradı. Telefonu açtığımda karşılaştığım ses bana yabancıydı.

Benimle çalışmak istediklerini ve beni kadrolarına katmak istediklerini söylediler. Ne zaman geleceğinizi ayarlayın, uçak biletinizi alalım. Arkadaşlarımız sizi havalimanından alsınlar. Numaramı nereden bulduklarını sorduğumda internetteki CV'den diye cevapladılar. Çalışma şartlarını ve maaşını sorduktan sonra teşekkür ederek, düşünüp tekrar geri dönüş yapacağımı belirttim. Ve telefonu kapattım. Şaşkındım. Aylar önce çıkarıldığım işe girmeden önce internete CV'mi yüklemiştim. Bana yeni bir kapı açılmıştı. Üstelik maaşı da iyiydi. Bir yanım şaşkın, diğer yanım ise mutluydu. Beni korkutan tek şey, İstanbul'du.

Ya oraya gider de yerleştiğimde alışamazsam, orada hayata tutunamazsam diye endişeler içine girdim. Ama korkularımı onların üzerine yürümeyerek yenemezdim. Onlara yenilecek olsam bile mücadele edip yenilmemeliydim. Yoksa üzerine bile yürümekten çekindiğim korkularıma yenilip yenilmeyeceğimi nereden görebilirdim? Annemle de konuştuktan sonra kesin bir karara vardım. Beni arayan numarayı arayarak görüştüm. Ve oraya gitmek için gün verdim. Onlar da biletimi aldılar. Birkaç gün sonra gidiyordum. Evimden ayrılıyordum. Yavaştan eşyalarımı toplamaya başladım. Annemin gözlerindeki hüznü, en çok sevdiğim kitabın içindeki anlam dolu cümlelerin altını çizerek okur gibi okuyabiliyordum. Ama haklıydı da. İlk defa evden ayrılıyordum. Evden ayrılacağım gün kardeşim Yiğit'i koklayarak, annemle sarılarak ve helalleşerek ayrıldım. İstanbul'da teyzemler oturuyordu. İş yerine görüşmeye gittim ve oraya yerleşebilmek için ev bulana kadar teyzemlerde kalmaya karar verdim. Biraz zorlansam da alışamayacağım bir durum değildi. Hayat bazı parçalarını sonradan çıkarıyordu insanın önüne. Ve sen de o parçaya göre bir boşluk arıyorsun kendinde. Ona göre şekil alıp tamamlamaya çalışıyorsun eksiklerini. Tıpkı bir Puzzle gibi.

Teyzem sevinmişti buraya yerleşmeme. Kendi evime çıkana kadar işten çıktığım her gün, ev arıyordum. Baktığım evler ya büyük oluyordu ya da kirası çok fazla.

Günlerden perşembeydi. O gün çok yorulmuştum. İş çıkışı direk eve gidip dinlenmeyi planlamıştım. Otobüse bindikten on dakika sonra otobüs arızalandı. Ve haliyle hepimiz otobüsten inmek zorunda kaldık. Otobüsten indiğimde karşı caddedeki sitelerde birçok dairede kiralık ilanı olduğunu gördüm. Araştırmak için siteye doğru ilerledim. Site önündeki emlakçıya girip, durumumu izah ettim. Tek yaşayacağımı, işim için buraya geldiğimi ufak bir daire aradığımı belirttim. Ellerinde iki tane bana uygun daire olduğunu söylediler. İkisine de baktığımda birinin kirası ve özellikleri tam bana göreydi. Hem iş yerine de yakındı. Emlakçının isteyeceği komisyon da büyük bir rakam değildi. Ev eşyalıydı. Böyle de bir artısı vardı. Yerleştikten sonra bir de eşya sıkıntısı çekmeyecektim. Bu ev içime çok sinmişti ve hemen evi tuttum.

Ertesi gün hemen büyük bir heyecanla kendi evime çıktım. Günler geçtikçe İstanbul'a daha da fazla alıştığımı hissediyordum. Arada bir teyzemi ziyaret ediyor, izinli günlerimi ise sahil kenarında kitaplarımı okuyarak geçiriyordum. Sıradan bir hayatım vardı. Burada çalıştığım şirkette halkla ilişkiler bölümünde görev yapıyordum. Diğer çalıştığım yerden biraz daha kalabalıktı burası.

Kural 3: Hayatta almış veya alacak olduğun herhangi bir karara yönelik korkuların varsa, onların üzerine yürümelisin. Yenilecek olsan bile onların üzerine yürüyüp, onlarla mücadele ederek yenilmelisin. İnan bana korkularının üzerine attığın her adımda mücadeleni çok daha seveceksin.

Burada çalışan diğer arkadaşlara göre biraz daha içine kapanık, kendi halinde biri gibi duruyordum. Bazılarının birliktelikleri vardı. Bazen iş çıkışı toplanıp bir yerlere giderlerdi. Benim de onlara katılmamı istedikleri zamanlar oluyordu. Ama gitmiyordum. Evime gidip, yemeğimi yiyip, yorgunluk kahvemi yudumlayarak kitabımı okumak daha cazip geliyordu bana. Nedenini ben de bilmiyorum ama şu bir sene içinde bendeki değişiklikler gözüme batmıyor da değildi. İnsanlardan uzaklaştım. Her günüm sıradanlaşmıştı. Kendi kendime yetebiliyordum.

Ne güzel bir şeydi hiç kimseye ihtiyaç duymadığını hissederek yaşamına devam etmek. Bazen öyle dönemler oluyor ki, kendinle baş başa kalmayı seviyorsun. Çıkmak istemiyorsun bu durumun içinden.

Sorumluluğunu taşıyacağın tek şeyin geçim derdi olduğunu bilmek insana yetiyor bazen. Kendi ayakların üzerinde durmak, kendi alın terinle kazandığın parayla evine ekmek götürmek ne güzel şeymiş meğer... Bir anda lise hayatımda çektiğim sıkıntılarım aklıma geldi.

Maddi ve manevi anlamda birçok sorun yaşadım. Annem hem annelik, hem babalık görevini üstlendiği için bazen yetemiyordu. Bu durum da bana acı veriyordu tabi. Hiç unutmam, kazandığım ilk paramı harcamayıp saklamıştım. Uğur param yapmıştım onu. Bunu öğrenen annem ağlamıştı. Şimdi kendimi o dönemle kıyaslıyorum da, acılarımın üzerine basa basa gelmişim bu noktaya.

İnsanın başına gelebilecek en güzel şeylerden biriydi lise hayatı. Arkadaşlıklar ve samimiyet farklıydı. O dönemden sonra alacağın sorumluluklar ağırlaşıyordu...

Üniversite okumak için gittiğimde bir tane bile samimi arkadaşım olmadı. Dönüp baktığımda lise hayatımdaki arkadaşlıkların daha kalıcı ve samimi olduğunu gördüm.

Beş yıllık bir lise hayatım olmuştu. Lise birinci sınıfı tekrar yapmıştım. Arkadaşlarımın sınıf atlaması, benim de olduğum yerde saymam zoruma gitmişti açıkçası.

O dönemler bile büyük bir olgunlukla bakabiliyordum olaylara. Bu da çocukluğumun çok acı anılarla dolu olmasına dayanıyordu. Herkes el bebek, gül bebek büyüdüğü için bu olgunluğu gösteremese de, ben öyle olamıyordum işte. Yokluğun, çaresizliğin, kimse ağladığını duymasın diye yastığı başının üstüne kapatarak sızlanmaların ne demek olduğunu iyi bilirim.

Sınıfta kaldığım dönem sonrası bana gelen azim ve pişmanlık duygusuyla kendime geldim. Bazı sorumluluklarım o noktada daha çok ağır basmaya başladı.

Okula harçlıksız gittiğim çok zamanlarım oldu. Ama ben bunu hiç umursamadım.

Biz acılarımızın vermiş olduğu tokluk hissiyle doyurduk karnımızı ve duygularımızı. Cebimizde tost alacak kadar bile paramız olmadan gezmemiz bize koymazdı.

Bir takım insanlara yaranmaya çalışayım derken, hayatımın en önemli döneminde kendime haksızlık etmişim çoğu zaman. Ve bunun hiç farkında olmamışım. Bunu da ancak okuldan mezun olduğumda anladım. Çoğu zaman duygularımın, fedakârlıklarımın ve emeklerimin iyi niyeti suistimal edilse de, bundan asla vazgeçmedim.

Fazlasıyla iyidir bizim niyetimiz. Sevene karşı hiçbir kötülük beslemez kalbimiz. Bundandır hayatta tüm kaybedişlerimiz. Ne kadar kaybedersek kaybedelim, niyetimizden vazgeçmeyiz. Sevmeyeceğiz deriz, nerede bizi üzecek biri var, bulur, gider onu severiz...

Kural 4: Hayatından çalıp başkasına verme. Parmağını bile oynatmana değmeyecek insanlar için kendine haksızlık etme. Onların iyiliği için kıyma kendi kalbine ve hislerine.

Buraya taşındığımı Buse'ye haber vermemiştim. Onunla arkadaş mıydık değil miydik bilmiyordum bile. Çıkmaz bir sokaktan başka bir şey olduğumuzu düşünmüyordum. Buse acılarla dolu bir kızdı. Kurmuş olduğu cümlelerden, olaylara bakış açısından ne tür acılardan buralara geldiğini tahmin etmek bana zor gelmiyordu.

Onun beni ne olarak gördüğü ve adımı duyduğunda ne tür bir hisse kapıldığı hakkında hiçbir fikre sahip değildim. Çünkü onu tanımıyordum. Çayı kaç şekerli içtiğini, hangi tür filmler sevdiğini, kahvaltıda olmazsa olmazının ne olduğunu, sinirlendiği zaman yüz hatlarının nasıl bir şekil aldığını, yastığının en çok hangi tarafını kullandığını, güldüğü zaman ses tonunu, en sevdiği oje rengini, en çok etkilendiği şiiri… Hiçbir şey bilmiyordum. Elimde koca bir hiç vardı, sadece koca bir hiç…

Bir insanın sabah kahvaltısında olmazsa olmazını bilmiyorsanız, o insanı tanıyor olamazsınız. Ve benim bilmediğim tek şey onun sabah kahvaltısında olmazsa olmazının olduğu değildi. Birçok şeydi…

Annesi hastaydı, acaba nasıl oldu diye merakta kaldığım anlar oldu. Kardeşinin ölümü onu çok sarsmıştı. Bunu hissedebiliyordum. İlk güvendiği adamın yokluğuna alışmasından söz etmiyorum bile. Hayattaki en büyük acılardan birisisiyse, bir kadının avuç içi çizgilerini ilk bildiği adamın yokluğuna alışmak zorunda olmasıydı. Bu yokluğa alışmak zorunda kalmak daha da acıydı. Acının acıyı doğurduğu bir dünyada yaşıyoruz.

Yaşamak zorundayız. Elden hiçbir şey gelmiyor. Ne ölenle ölünüyor, ne de gidenle gidiliyor…

Kimisi her şeyi ardında bırakıp ölümle terk ediyor kalpleri, kimi ise ardında sarılmaya aç kolları bırakıp, kalplerden gidiyor. Ve sen ise sadece kalakalıyorsun içindeki o sönmek bilmeyen kor yangınla. Ne kadar gözyaşı dökersen dök, olmuyor. Sönmüyor o yangın. Küle dönüyor insanın en güzel duyguları. Sonra kim gelirse gelsin yetmiyor varlığı. Sonrası hep bir hayal kırıklığı... Buse mücadeleci bir kız gibi görünüyordu. Tıpkı annem gibi. Bunu sezebiliyordum.

Onu ve annesini iyice merak etmiştim. Bir gün işten eve geldikten sonra sesini duymak ve annesinin durumunu öğrenmek için onu aradım. Ama telefonu kapalıydı. Gerçekten içim hiç rahat değildi. "Acaba annesine bir şey mi oldu? Ya da şu an nerede? Ne yapıyor?" diye sorular sormaktan alıkoyamıyordum kendimi. Neden bu denli merak eder olmuştum ki onu? İşin tuhaf yanı da bu soruların cevabını bile veremiyordum. Bazen sonunu bildiğimiz acı gerçeklerin canımızı yakacağını bile bile onların üzerine yürürüz. Attığımız her adımda canımızın yandığını hissetsek bile adım atmaktan vazgeçmeyiz.

Çünkü buna zamanla alışıyordu hislerimiz. Bir insanın gideceğini bile bile sevmekte mastır yaptı kalbimiz.

Aylar böyle geldi geçti. Benim hayatım böyle devam etti. Ne Buse'den haber alabildim, ne de kalbime birini dâhil edebildim. Çok sade ve sakin hayatım, ıslak rayların üzerinde yavaş yavaş ilerleyen bir tren gibi ilerliyordu.

Kız Kulesi'ne, sevgisini sadece ona bakmakla yetindiren Galata Kulesi'nin azizliğine uğramış gibiydim resmen.

Ben aşka bir kere adım attım. Onda da kalbimin payını aldım. Sonra ne mi oldu? "Sütten ağzı yanan, yoğurdu üfleyerek yer" derler ya hani, aşktan canım öyle yandı ki, bir daha korkarak bile hiçbir kalbe adım atamadım. Anlamsız geldi. Geçmişimde takılı kaldığım için değil. Geleceğe hazır olamadığım için. Geleceğime dâhil edeceğim insanı, geçmişimin gölgesinde değil de, geleceğimin güneşinde sevmek istediğim için. Yarım bırakmak istemediğim için. Hiçbir zaman sevmekten kaçınmadım. Aşk limanına fırtınalı lodoslardan kurtulup yanaştım. Ve ben bu limana uzun bir süre demir attım. Ve hazır olana kadar bir an olsun hiç ayrılmadım...

Zaten böylesine yorgunken, dinlenmeden ve hazır olmadan açamazdım kalbimin kapısını kimseye. Bundan sonra bir yola çıkacaksam birisiyle, evlilik olurdu sonu. Çünkü aşk beni epey yordu.

Kural 5: Siz de benim gibi kalbinizin payını en acı şekilde almışsanız aşktan, hayatınızda tuzlu kahvesini içmek istediğiniz kadının kahvesini içerek çok tatlı bir şekilde aşka ağzının payını verebilirsiniz.

Biri var Rabb'imin iki dünyada da bana eylemesini istediğim...

Biri var, attığı her adımın sokağımdan geçmesini dilediğim...

Bir de ben varım, kalp ritmine hız katan insanla aynı şehri paylaşmaktan mutluluk duyan...

Şükrediyorum, varlığı yetiyor...

Buse'nin beni neden aramadığını haddinden fazla düşünsem de bir süre sonra alıştım. Olmayan birinin yokluğuna alışmak da yalnızlığa dâhil.

Ona yanlış bir şey yapmadım. Onu üzecek bir davranışım da olmadı. Zaten doğru dürüst konuşmuşluğumuz bile yoktu. Birbirimizin acılarıyla karşı karşıya gelmiştik sadece. Bununla kalakaldık. Bundan öteye gidemedik. Belki de daha fazla zamana ihtiyacımız vardı bilemiyorum.

Kaç gün böyle içim içimi yedi. Ama beklenen bir türlü gelmedi. Zaten bekleyen de vazgeçmedi.

Günlerden pazartesiydi, yeni bir haftanın henüz ilk iş gününde şirkette çok büyük bir olay yaşadım. Bu sefer başroldeki isim bendim. İstanbul'a kalkıp geldiğim ve kendime burada yeni bir düzen kurduğum, yeni bir sayfa ile hayatıma devam ettiğim noktada çalıştığım şirkette babama rastladım.

Ben mi yanlış görüyordum, yoksa babam da mı burada çalışıyordu? Ama yok, bu oydu. Bu adamın bu şirkette ne işi vardı? Gördüklerime inanamadım. Çok değişmiş, saçları ve sakalları beyazlamıştı. Onu yıllardır görmüyordum. Hiç görüşmedik denilecek kadar az görüşmüşlüğümüz vardı. Biraz araştırınca şirkette şoförlük yaptığını, uzun zamandır burada çalıştığını, evli olduğunu öğrendim. Yeniden çıkmaz bir sokağa girdiğimi hissettim. Ona kızıp hiçbir zaman ondan nefret etmedim. Beni, kardeşimi ve annemi bırakıp gitmek onun seçimiydi. Kafaya koyulmuş bir gidişi engelleyemezsiniz. Geciktirebilirsiniz yalnızca.

Her ne kadar güçlüklerle atlatılmış "yaşayamadığım çocukluğumda" mahalledeki en sevmediğim komşunun oğlunun babasına karşı savunmasız kalmalarım olsa da, ona kızmadım. Kendime kızdım. Böylesine çaresiz kalmalarıma kızdım. Elimden hiçbir şey gelmemesine kızdım. Daha çok yandı canım. Canım yandıkça yok oldu çocukluk yanlarım. Ama ona yine de kızamadım...

Varlığına ihtiyaç duyduğumuz hangi insan yanımızda oldu ki? Varlığını hissettirmesini geçtim, yanımızda dahi olmayı tercih etmediler. Etseler bile beceremediler.

Akıllarındaki tek şey gitmekti. Zaten onlar da hep gittiler. Hatta bir anne veya bir baba olsalar bile...

Beni tanımadı. Bazen göz göze geldiğimizde bile hemen kaçırdık gözlerimizi. Ama tanımadı. Canı sağ olsun. Trafik kazası geçirdiğini, hafızasını kaybettiğini öğrendim daha sonra, meğer bundan tanıyamamış beni.

Kaybettiği tek şey hafızası olsaydı keşke diye içerlendiğim günlerde şu soruları sordum kendime:

"Bu adam gitti ama ardında bıraktığı karısının hakkını nerede ödeyecek? Onu geçtim, bir kızı vardı... Onun ahının hesabını nasıl verecek?"

Bir baba ardında; "Keşke doğmasaydım, ama bu adam da babalık duygusunu kaybetmeseydi be..." diye yakaracak birilerini bırakıyorsa, bunun üzerine daha ne söylenebilir?

Gerekirse "Ben hiç doğmasaydım, ama onda da bazı duygular mevcut olsaydı!!!" dediğim günlerin haddi hesabı yoktu.

Ama Allah'ın işine karışılmazdı. Buna da şükür. O yanımızda olmadı belki hiç ama bana hem annelik, hem babalık yapan bir kadın vardı. Annemdi... Gerisine zaten gerek de yoktu...

Bazen teyzemlere uğruyor, kafamı dağıtmak için onlarda vakit geçiriyordum. Hayatım evle iş arasında rutin bir şekilde devam ediyordu. Babamla hiç konuşmadık, hatta çoğu zaman onu görmüyordum bile. Ama görmediğim daha iyi oluyordu. Çünkü ona baktığım zaman geçmişime gidiyordum.

Bir süre sonra Buse'nin de annesiyle İstanbul'a teyzesine yerleştiği haberini aldım. Ama uzun zamandır kendisiyle konuşmamıştık. Kokusunu bile bilmediğim halde sadece şehrime çıkagelmesiyle, içimdeki papatya tomurcuklarının açmasına sebep olan kızla aynı şehri paylaşmanın mutluluğu üzerime yakışan en güzel takım elbiseydi. İş yerindekiler sebepsiz yere gerilen yüz hatlarımı fark edince, bu durumu haliyle merak edip bana defalarca sordular. Ben de anlatmadım tabi. İçimde sakladım duygularımı. Her ne kadar duygularımı ertelemeyen bir adam olsam da içimde tuttuğum zamanlar oluyordu çoğu zaman. Çünkü içime ekiyordum onları. Yeşermeye hazır, yeşermek için can atan bir tohum gibi sevgi dolu, toprağı delip, yeryüzünde nice duygulara nefes olabilmeleri için onları sabrımla sulayıp, doğru zaman için beklettim.

Belli bir süre Buse'nin de İstanbul'a gelmesi bana değişik bir mutluluk verdi. Ama daha sonra bununla yetinemediğimi, konuşmamız gerektiğini hissettim. Kokusunu bir kere bile burnuma çekmemiş, henüz gözlerine dahi dikkatlice bakmamış, gülüşünü bir kere üzerimde hissetmemiş, sesini kulaklarıma hapsetmemiş olmama rağmen duyulan bu ilgi biraz fazla değil miydi?

Belki o benim başımın üzerinden geçen minik bir serçeydi. Ve ben onu gökyüzüm yaptım. İhtimalleri çiğnememek lazım. Derin duygular karşısında alınacak kötü sonuç ihtimallerini çiğnediğimiz takdirde, altta kalan ve çiğnenen biz oluyoruz. Yalnızlık okyanusunda uzun süredir kendi sandalımın içinde biraz fazla kürek çektiğim için acaba kendime yakın mı bulmuştum onu? Yakın bulmasam ne olacak ki, bizim acılarımız ortaktı... Duygularımız farklı olsa bile kalbimiz aynı kumaştan dikiliydi. Ama terzi kendi söküğünü dikemezdi.

Bu yüzden onu düşündüğüm her zaman diliminde çıkmaza giriyor "Bir kere olsun benim şu kendi dünyamda kurduğum hayalleri ve duyguları benim için aynı şekilde o da yaşıyor mu?" diye soruyordum kendime.

Ben dağınık ve bitirilmesi çok zor olan, parçalarının her biri farklı yere savrulmuş bir puzzle'ım. Toparlanması güç, sabır isteyen parçalara sahibim. Beni toplamak güç isterdi. Beni toplayamadığı için ilk önce babam, sonra sevdiğim insanlar terk etti. Hadi babamı bir kenara bırakalım. Ya güvenip sevdiğim insanlar? Onlar neden gitti?

Neden her gelen bir yara açıp gitti benden? Oysa acılarımın sarılması gereken bir kalptim.

Her zaman hayal kırıklığıyla dolu yollardan geçtim. Lakin ayağım çoğu zaman taşa değdi, ben ne güvenip sevmekten, ne de şükretmekten vazgeçtim. Biraz da olsun sevilmeye değmez miydim?

Uğruna şiir yazılan birçok insan var. Öte yanda biz varız, bırakın sevdiği kadar sevilmeyi, asla sevilmeyen koca bir biz varız...

Hiçiz...

Birkaç ay sonra her şeyin aynı rutinlikte devam ettiği günlerden birinde, yine şirkete bana o en güzel yakışan aynı şehirde kokusunu bilmediğim kızla nefes alıp verdiğimizi bilmenin vermiş olduğu mutluluğun takım elbisesiyle gittim. Departman müdürü bize öğleden sonra toplantı salonunda toplanmamız gerektiğini ve başka yerde çalışan ekibin bizimle toplantıya geleceklerini iletti. Öğle yemeğini yedikten sonra toplantı salonunda toplandık. Beklediğimiz diğer ekip biraz gecikmenin sonunda geldi.

Rüyada mıydım, yoksa bu gerçek miydi?

Gelen ekibin başında müdür olarak o vardı. Buse'ydi. İnanamasam da bu oydu. Siyah düz saçları, üzerine giydiği bedeninde insanı kuşkusuz ve dalgasız, dümdüz bir deniz manzarası hissine kaptıran siyah elbisesi, gözlerine sürdüğü rimelle ve siyah ojeyle gerçekten herkesi kendine çıt çıkartmadan dinletebiliyor, bütün dikkati üzerine çekebiliyordu. Onu görünce duygularım içimde yas ilan ettiler. Beni görmüş, bozuntuya vermemişti. İki saatlik süren toplantının ilk bir saati dolduktan sonra beş dakika toplantıya ara verildi. O arada hiç konuşmadık. Mola bittikten sonra toplantı devam ederken onu dinlediğim esnada uykumun geldiğini fark ettim. Eşsiz bir duyguydu. Nedendir bilmiyordum ama bu kızda beni kendine çeken bir şeyler vardı. Anlamlandıramadığım hislere yenik düşüyor, onu görünce yenik düştüğüm duygularımı yeniyordum. Bunun için onu görmem yetiyordu.

Toplantı bittikten sonra mesai bitiş saati çoktan gelmişti. Herkes salondan ayrılırken, ikimiz de yavaş hareket ederek insanların gitmesini bekler gibiydik. Uzun zamandır konuşmadığımız için biraz heyecanlanmıştım. Yüreğimin ağzıma geldiği noktadaydım.

Herkes gittikten sonra yanına doğru yaklaştım. İkimiz de bir şeylerin konuşulması mecburiyetiyle birbirimize baktık. Ona attığım her adımda üzerimde biraz daha hissettim kokusunu. Onunla aynı şehirde yaşamamızın vermiş olduğu mutluluğun üzerine bir yenisi de kokusunu aldığımda eklenmişti.

"Nasılsın Batur?" diye sordu titrek sesiyle.

"Eksik ve iyiyim. Eksik olduğum halde iyiyim demek ne kadar doğru olur bilmiyorum, ama iyiyim işte. Senden uzun zaman haber alamadım. Merak ettim. Telefonun hep kapalıydı. Annen için endişelendim. Senin için de tabi. Beni merakta bırakmamalıydın. Aylar önce buraya taşınıp işe başladım. Ve bir şey itiraf etmeliyim ki, seni burada gördüğüme çok şaşırdım. Dünya küçük derlerdi de, inanmazdım... Ve bu belki de hayatımda gerçekleşen en büyük mucize sanırım. Sanmıyorum, gerçekten de öyle."

Tek bir "Nasılsın?" sorusuyla bülbül gibi öttüğümü fark ettik ikimizde. Heyecanımı ne kadar belli etmemeye çalışsam da ele veriyordum kendimi. Ama içimde hapis yatan, bir an önce özgürlüğüne kavuşmak isteyen duygular vardı. Kendimi ele vermemem mümkün değildi.

Duygularımı ve kendimi ele vereceğim biri olacaksa eğer, o da aynı acıları tattığım bir kadın olmalıydı.

“Sen nasılsın diye sormayacak mısın?” diye sordu.

“Beni habersiz bırakıp ortadan kaybolmak için gerekli sebepler bulabilen bir kadın iyidir diye umuyordum. Bu yüzden sorma gereği duymadım.” diye cevapladım.

“Burada kurmuş olduğun düzenden ve iş yerine alıştığından haberim var. Senin adına sevindim. Fazla olmadı İstanbul’a geleli, annemle birlikte teyzemlere yerleştik. Şimdi seminerlere gidiyorum görmüş olduğun gibi. En son çalıştığım iş yeriyle buranın bağlantısı olduğu için haftada bir veya iki defa buraya seminere geleceğim. Sık karşılaşacağız anlaşılan. Benden sıkılacaksın. Bu arada, annemin sağlık durumu bir ara çok kötüye gitti. Onu kaybedecek duruma gelmişken, kısa ve zor bir dönemi geride bıraktık çok şükür. Şimdi sağlık durumu iyi. Teyzem zaten yanında. Ortadan kaybolma konusuna gelince, acıyan yanları ağır bastığı için kendi kabuğuna çekilmiş bir kadını böylesine basit şekilde adlandırmamalısınız bayım. Eğer olur da içimdeki acıları sana dökmeye cesaret edebilirsem, kahve içmek isterim seninle. Hem kırk yıl hatırımız olur.” diye ekledi. Ama ben o cesaretin ona gelmeyeceğini hissediyordum.

“Benim burada düzen kurduğumu ve iş yerine alıştığımı nereden biliyorsun?”

“Senin hiçbir şeyden haberin yok tabi. Seni iş için buradan aradıklarında bilgilerini internetten aldıklarını söylediler. Sen öyle biliyorsun en azından. İş yerinde uğradığım haksızlığı hatırla. Beni hangi sebeple ekmeğimden ettiklerini hatırla, bu haksızlık karşısında benim bile ağzımı açamadığım anda sen karşı çıkmıştın o olaya. Bense oradan çıkarıldıktan sonra yeni işe girdiğim yerde uzun süre çalıştıktan sonra müdürümden rica ettim. İşe ihtiyacı olan bir arkadaşımın olduğunu söyledim. Onlar da sağ olsun beni kırmadılar. Sonra burayı arayıp seni çağırmalarını istemişler. Seni biraz uzaklaştırdı benden ama olsun. Sen yalnızlığa alışık bir adamsın. Bilgilerini ben verdim onlara. Böylesinin daha iyi olacağını düşündüğüm için olayın nasıl geliştiğini sana söylemelerini istemedim. İkimizin de kapıları aynı anda kapandı. Ve aynı anda yeni kapılardan içeri girdik. Bu sefer kaybeden taraf olarak değil de, mutluluğa doğru adım atandık belki de biz. Yani en azından sen…"

"Böyle bir şey yaptığına gerçekten inanamıyorum. Senden güzel senarist olur. Ben olaylar bu kadar hızlı geliştiği için sorgulamak istemedim. Demek senin parmağın var bu işin içinde… Ama sonuç olarak farklı kapılardan girsek de aynı yolda karşılaştık. Bunu da garipsemiyor değilim. Senden haber alamadığımda, seni sonsuza kadar kaybettiğimi, bir daha sana rastlayamayacağımı sanmıştım. Gerçi kazanmadığım birini nasıl kaybedeceksem… Ama ön yargılı olmamak lazımmış tedirgin olduğumuz duygulara. Bunu bana sen öğrettin, teşekkür ederim…" dedim ve konuşmamız burada sona erdi. Gerçekten hayatımda ilk defa böylesine bir şaşkınlığa uğradım. O bana geçerken şöyle bir uğradı, ben nerelere uğradım bilmiyorum…

Onun parmağı vardı her şeyde. Ben o parmağa geçirmez miyim yüzüğü şimdi sevgiye aç bu kalbimle? Görürsün sen! Oyun nasıl oynanır sana göstereceğim. Ama benim oynadığım oyunun izini bir ömür taşıyacaksın.

Onunla konuştuğum günün sonunda eve dönerken kış mevsimi olmasına rağmen papatyalar açmıştı gönül bahçemde. Bunu fark ettim. O bunu nasıl yapıyordu diye sormuyordum artık kendime. Çünkü onun da ekstra bir çabası yoktu. Bu yine benim kalbimin işiydi. İyi tanıyordum ben kalbimi. Aylardır benden kilometrelerce uzak olan kalbimin, onunla konuştuğum andan itibaren nefesim kadar yakın olduğunu hissettim. Beni bu hisse kaptıran kadına bu kalbi ve ömrü feda ederdim…

Hangi adam olsa etmezdi ki?

Düşünsene kabuğuna çekiliyorsun. İnsanlardan uzaksın, aşkın var olduğuna bile inanamıyorsun uzun bir müddet. Sevgiye açsın ama doymayı istemiyorsun. Doysan sindiremeyeceğini, sevmekten ve sevilmekten yorgun düşeceğini biliyorsun.

Aynı acıları yaşayacağın ihtimalleriyle korkarak yaşıyorsun. Ama o geliyor. İçinde sevgiye dair solan tomurcuklar yeşeriveriyor. Kalp atışların hızlanıyor. Uzun süredir alıştığın yalnızlığından uzaklaştıkça aşka yaklaşıyorsun. Attığın her adımda biraz daha ısınıyorsun. Bir kalbin varmış, onu hatırlıyorsun. Sevdikçe yorulacağını değil de, onunla dinleneceğini düşünmeye başlıyorsun.

Bazı acıların bazı cümlelere sığmadığı gibi yaşanılası en güzel şeylerin de hiçbir kelimeyle tarifi mümkün değil.

Onu görene kadar duygularımdan emin değil ve bu kadar düşünce içine girmiyordum. Gelişen bunca olay karşısında babamla aynı şirkette çalıştığımızı ve beni görüp hatırlamadığını bile unutmuştum. Bir süre sonra onun varlığından bile haberdar olmadığımı fark ettim. Ama bunun mimarı kendisiydi. Benim onu hatırlamamam için trafik kazası yapmam ve hafıza kaybı yaşamam gerekmiyordu. Her hafta Buse'nin toplantıya geleceği günü iple çekiyor ve mutlu oluyordum. Kalbinizin hızlı atmasına sebep olan insanı kaybetmekten korkarak seviyorsanız ve onunla aynı gökyüzü altında nefes alıp verdiğinizi düşündükçe varlığıyla mutlu olmakla yetiniyorsanız, aşkı yaşamayı ve mutluluğu sonuna kadar hak ediyorsunuz demektir.

İçimdeki duygulara bin bir çeşit umut vaat edecek papatya gibi açtım gözlerimi onun şirkete geleceği günün sabahında. Zaman geçmek bilmiyor, akıp giden koca günün öğle sonrası bana bir türlü yaklaşmıyordu...

Yine aynı ekip şirkete ayak basmıştı. Ama Buse yoktu. Gelen ekibin başında başka birisi vardı.

Toplantı hemen başlayınca sorup soruşturamadım neden gelmediğini. Ama ilk bir saat Buse'yi dinliyormuş gibi yaptım. Ama o başkaydı. Kalp ritminize hız katan insanın varlığını bir kere bile hissetmişseniz, yokluğunu dolduramıyorsunuz onun yerini alanlarla...

Molada Buse'yi aradım. Ama telefonuna bakmadı. Olumsuz düşünmek istemedim. Ve toplantı bittikten sonra yerine gelen görevliye onun neden gelmediğini sorduğumda, bilmediğini söyledi. Günün sonunda eve doğru topladı adımlarım pılını pırtısını. Attığım her adım, beni şirkete geri götürmek ister gibi ilerliyordu. Eve geldiğimde kendimi direk duşa attım. Dakikalarca banyoda beni neden önemsemediğini, neden telefonlarımı bile açmadığını düşündüm. Ama cevap bulamadım. Anımsadım ki bu durumun sorumlusu ben değildim.

Umutlarım bu kadına bel bağladıkça beni kördüğüm ediyordu. Ve beni saran her kördüğüm, biraz daha dara itiyordu. Belki de onu fazla büyütüyordum gözümde. Bilemiyorum.

Yaşamadan da göremezdim ki. Ama onu yaşamama imkân var mıydı? Belki de o yürünmesi mümkün olan imkânsız bir sokaktı. Böyle de bir çaresizlik var işte. Bir insanı veya herhangi bir anıyı acı da olsa onu hissetmek için yaşamak gerekirdi. Ben onu yaşamaktan korkmuyordum.

O gelmiyordu benim sokağıma. Uğramıyordu limanıma. Ben en çok buna üzülüyordum. Ya bana ayıracak vakti yoktu ya da kalbinde yer verebileceği yeterli bir alan...

En çok da bundan korkmuşumdur zaten hayatta. Bir insanın kalbinde yer sahibi olamayacak kadar hiç hissetmekten...

Ve bir türlü yenemedim bu korkumu. Kalıcı hale geldi artık bende bu korku, kabullendim. Bir insanın kalbinde bir yere sahip olamayacak kadar hiç hissetmenin acısını izah etmeme imkân yok. Bir insanın kalbinde size ait bir yerin olmamasından iyidir, size ayırabileceği vaktinin olmaması.

O kadar çaresiz insanlarız ki, olmayan iki acının bile birisiyle yetinmek zorundayız...

Bu durumda geriye tek bir şey kalıyor "Yaşıyor olması bile bana yeter. Kiminle yaşadığı önemli değil, kalbimde yaşasın bana yeter." diyebiliyoruz. Bununla da kalmıyor, kalbinde bize ait olan yeri başkasına verdiğinde bile ona dua edebiliyoruz.

Korkularının üzerine ne kadar yürürsen yürü, bazen korkuların üzerilerine yürümek yetmez. Depar atarsın, fayda etmez.

Sonra korktuğun başına gelir, işte bu acı hiçbir şekilde tarif edilmez…

Buse'nin toplantıya gelmediği günden bir iki gün sonra uyanamadığım için işe geç gitmek zorunda kaldım.

Tam iş yerine girecekken, onu şirkete ait bir arabaya binerken gördüm. Saate baktığımda saat 11:38'di. Onlar beni görmedi ama ben onları rahat bir şekilde görebilmiştim.

Direksiyondakinin kim olduğunu kendi gözlerimle görmesem ve yalnızca kulaklarımla duysam böyle bir şeye ihtimal bile vermezdim. Direksiyondaki babamdı. Buse'nin babamın yanında ne işi vardı?

Ben tam orada donup kaldım. Bu kadın ne yapmaya çalışıyordu? Kendimi hiç iyi hissetmiyordum.

Şirkete hemen girip babamın departman müdürüne biraz önce onun nereye gittiğini sormak yerine, kendi departman müdürüme bugün hiç iyi olmadığımı ve kendimi hiç iyi hissetmediğimi söylemeyi tercih ettim. Sonra zaten beni eve yolladılar. Hemen eve gidip kendimi kanepeye bıraktım. Gözlerimin tavanda bir noktada takılı kaldığı esnada uyumuş kalmışım oracıkta.

Uyandığımda hava kararmış, yağmur çiseliyordu. Cama vuran her yağmur damlası canıma batıyor gibiydi. Gözlerimi açtığımda aklıma gelen ilk şey, Buse'nin toplantı için şirkete gelmediği gün, onu aradığımda telefonu açmayıp bana geri dönmediğiydi.

Komik geliyordu. Bir o kadar da acı. Gülsem mi, yoksa ağlasam mı bilmiyordum. Beni bu denli görmemezlikten gelip, bana yeryüzündeki varlığımı sorgulatan kadın için gözümden akacak olan yaşa değer miydi?

Bence değmezdi. Çünkü beni önemsemiyordu. Ben fazlaydım ona. Onunla ilgilendiğimi ona hissettirmemeliydim. Bu hataya düşmemeliydim. Ama olan olmuştu bir kere. Varlığımı hiçe sayan bir insanın varlığına şükretmek mantıklı gelmiyordu. Ve mantıklı gelmediği daha ağır basınca, elini ayağını Buse'nin üzerinden çekmeye hazırlanıyordu duygularım.

Günler çok çabuk geçiyordu. Yine bir toplantının olacağı gün gelip çattı. Toplantı saati gelince salona geçtik. Onun gelip gelmediğiyle ilgilenmiyordum bugün. Merak da etmiyordum açıkçası. Ama gelmişti. Kapıdan içeri girdiğinde sesini duyana kadar geldiğinden haberdar değildim.

Kafamı kaldırıp bakmaya bile tenezzül etmedim. Mümkün olabildiğince gözlerine bakmamak için kendimle savaştım. Kan gövdeyi götürdü... Kendime yenik düştüm...

Ama ona kırgındım. En azından o bu durumla ilgilenmese de ben ona içimde kırgındım. Belki haberi bile yoktu.

İKİNCİ BÖLÜM

Bazı kırgınlıklar vardır.
Uğruna kırıldıklarımız değil,
bunu yalnızca kırılan kalbimiz bilir…

Mola verildikten sonra o ve salondakiler dışarı çıkmıştı. Çıktığı esnada kafamı kaldırmamam dikkatini çekti.

Toplantının sonunda bu sefer onunla sınıfta yavaş hareket etmek yerine, herkesle birlikte toparlanıp çıkmaya koyuldum. Bu da dikkatini çekti, farkındaydım. Hazırlandıktan sonra kapıya doğru yöneldiğimle bana seslenmesi bir oldu;

"Batur!" diye seslendi. Sesindeki heyecanla.

Cevap vermedim. Ve kapıya doğru yürümeye devam ettim. Benim hikâyem adımı onun ağzından duymamla başlıyordu. Ama onun bundan haberi bile yoktu. Hatta bu hikâyenin yazarı da kendisiydi. Bitense umutlarım ve hayallerimdi. En kötüsüyse tüm bunları onun bilmemesiydi…

Kendisini önemsemediğimi yine fark edince, bu sefer bana yaklaştığını hissettim. Ve kolumdan tutarak beni kendine çevirdi.

"Ne yapmaya çalışıyorsun sen?"

"Utanmadan bunu sen mi soruyorsun bana? Bunu benim sana sormam gerekirken bile sormazken, sen neden soruyorsun ki? Benden aldığın cevap sana ne kazandıracak? Seni zaten böyle vurdum duymaz davranmak ve bazı şeyleri görmezden gelmek tatmin ediyordur. Beni kazanmadan kaybetmek ve bir daha da kazanamayacak olman sana kimi kazandırıyor onu da bilmiyorum, ama önemsenmeye değmiyorsun. Belki de seni fazla büyüttüm gözümde." diyerek içimdeki siniri boşaltmıştım. Söylediklerim karşısında gözlerinin dolduğunu gördüm.

"Olmayan neyi görmezden geldiğimi bana söyler misin? Seni mi? Görmemezlikten geldiğim bir takım şeyler var, evet. Ama bu sen değilsin. İnan bana. İlk ihaneti benim avuç içi çizgilerimi ezbere bilen adamdan tattım. Bu acının ne demek olduğunu biliyor musun? Bunu görmezden geliyorum mesela. Kardeşimi ve hasta annemi bana bırakıp giden adamın ihanetini görmezden gelmeye çalışıyorum. Başaramıyorum. Sadece başarmaya çalışıyorum. Bazen pes edeceğim gibi hissediyorum, sonra annemin bana ihtiyacı olduğu aklıma geliyor. Ayağa kalkıyorum.

Hak etmediğim acıların başrolünde oynamaya devam ediyorum bu filmde. Uzun süredir sırtlanmış olduğum yüklerin bırakmış olduğu yara izlerini görmezden geliyorum. Sana burada görmezden geldiğim şeylerin hepsini bir sayarım, neden görmezden gelindiğini düşündüğüne şükredersin.

Benim seni görmezden gelmem için duygularımın görüş alanına girmen gerekir. Sen benim kalbimin rotasında yoksun henüz.

Baba bile diyemediğin adam; anneni, kardeşini ve seni terk etmiş. Elin adamı nasıl terk etmesin diye diye yalnızlığa ve onca acının içinde bulunduğu denize demir attım. Benim denizim mavi değil, siyahtı. Gökyüzüme güneş hiç doğmadı... Gerçi kendi babamın bile yoktu elden farkı...

Bir süre sonra bir adamla tanıştım. Ona adam dediğim her an için kendimden utanıyorum.

O kadar acı yetmiyormuş gibi bir de o eklendi onca acımın üzerine.

Yarama yar olması gereken yerde, tuz oldu... Gözyaşı oldu. Uykusuzluk oldu. Hayal kırıklığı oldu. O benim babam dediğim adamdan sonra ilk kez yanaşmayı başardığım limandı. Düşün karşımda iki tane erkek var. Biri bizi ortada bırakarak ardına bile bakmayıp çekip giden babam, bir diğeri ise içinden çıkması çok zor fırtınalardan çıkıp kıyısına güvendiğim, yanaştığım limanım dediğim adam. İkisi de hayal kırıklığı, ikisi de pişmanlık, ikisi de acı... Onu gerçekten sevdim. Sevmemem gerekiyormuş, ama bu oyunun kurallarına uymadı kalbim. Köreldi hislerim. Şimdi sen benim görüş alanıma girsen de ben seni nasıl görebilirim?" diye cevapladı.

"Şimdi ben sana yaşadıklarını anlıyorum desem, ihanet olur onca acıya... Haksızlık olur... Ne desem bilmiyorum. Allah kolaylık versin. Biliyorum, yükün ağır. En azından bunu hissedebiliyorum.

Seni belki de bu kadar merak edip, duygularımın seninle ilgilenmesinin sebebi annene olan bağlılığın ve ilgindi. Ona tutunuyor oluşundu. Çünkü benim hayatımda da en değerli varlık oydu.

Beni sana iten sebepler oldu. O sebeplerin önünde durup, onları engelleyemedim. Üzgünüm… Merak etme, onca acılarının içinde seni bir de kendimle uğraştırmam. Ben seni gizli severim. Sabah saat beşe doğru. Herkes uykusunun en tatlı yerindeyken.

Sabah ezanının huzuruyla severim. Sen uzakta olduğumu zannedersin, ben seni başucumda hissederim.

Seni sevmek için birden fazla yeterli sebep bulabilirim. Sadece seni sevdiğini söyleyen adamlar için, tuzlu kahveni içecek adamı harcama. Onlar yalnızca seni sevdiğini söyler, ben tuzlu kahveni içerim." dedim.

"Mesela? Bir tanesini söyler misin?" diye sordu.

"Bana içini açman… Acılarından söz etmen. Bir kadın herkese anlatmaz hayal kırıklarını. Şayet, yüreğiyle sevmeyi bilmeyen bir adama denk gelirse, yine yerle bir edebilir kadını…

Kadın, acısını güvendiği veya güvenmek istediği adama anlatır.

Bu durumda kendimi ne kadar özel hissetmeliyim bilmiyorum ama bir kadın acısını anlatmadığı adamı sevemez. En azından ben buna inanıyorum.

Aynı acıların ortağı olarak, aynı kapılardan içeri girdik. Ve o kapılar bize birbirimizi keşfettirdi.

Bana "Sen beni ne kadar çok sevebilirsin ki?" diye sorma. Sana burada sabaha kadar yeterli neden sayarım. Duygularıma iyi çalıştım. Ben bu aşk sınıfını geçerim. Neyse, senin acıların benim duygularımdan daha ağır. Bencilliği sevmem. Ama acılarını sarmaya yardım edebi…" diyecekken tam, beni susturdu.

"Sakın. Onu sakın söyleme. Kadınları iyi tanıdığını zannederdim. Artık içine sığmadığı için tanımadığı bir adama acılarını anlatan bir kadın, meselesini kendi çözüp, öyle sevmek ister.

Bir hayal kırıklığı daha onu gerçekten bitirebilir.

Bu yüzden sen sakın bana yardım etmeye yeltenme. Bunların altından kalkamayacak olsam bile sakın beni o taşın atından kaldırma. Yenik düşecek olmam da en büyük ödül olurdu acılarıma.

Biz seninle uzağız adam. Ben sevmeyi seven bir kadın değilim. Sevme duygumu aldı benden o iki hayal kırıklığı. Duygularım ve kalbim en güzel sevgilere kısır kaldı. Güzel bir aşk doğmaz benden.

Yorarım seni. Sen aşka âşık, sevmeyi seven bir adamsın. Bunu hissedebiliyorum. Senin acıların bende daha da ağırlaşır. Taşıyamamandan korkuyorum. Beni kendinden ürkütme lütfen. Bende ısrarcı olmanın nedenini de anlıyorum. Ama sen de anlamalısın beni. Kalbinin kapısını içeriden kilitleyip, kendini o kapıdan dışarı çıkarmaktan korkan bir kadını anlamalısın... Eminim anlıyorsundur da.

Hiçbir anahtar uymaz benim kapıma. Zorlama. Kendini yorarsın yalnızca.

Benim yüzümden daha da acımasını istemem canının. Eminim seni hissetmek isteyen bir sürü kalpler vardır dışarıda. Onlardan bir tanesini bulacaksın. Çok seveceksin onu. Gözleri sana aşkla bakacak. Ve o kadına ne zaman bakarsan bak, kendi acılarını bile unutacaksın. Ben sana acılarını unutturamam. Acına acı olurum. Kanarsın... Yanarsın... Parçalanırsın...

İçindeki bu sevgiyi lütfen hak eden bir kadına sun. Hak etmediğim kalbi sahiplenmeye kalkarsam, ihanet etmiş olurum aşka. Bu sevgi de helal olmaz bana. Ne sen bana gel, ne de ben senin sokağına… Sen ilkbaharda yeni aşklara umut vaat edecek minik bir papatya...

Bense tüm yorgunluğuyla sonbaharda dalından düşmeyi bekleyen solmuş bir yaprak…

Öyle uzağız işte..." diye ekledi.

"Birimiz papatya, birimiz kuru bir yaprak olsak dahi, ben senin uğruna solar ve yakın olurdum sana. Ama sanırım imkânlar buna izin vermeyecek.

Ama şunu bilmelisin ki ben seni gerçekten sensiz ve sessiz seveceğim. Çıtımı bile çıkarmadan hem de. Seni sana rağmen seveceğim. Gece uyurken üzerini açacaksın, yüreğim gelecek yanına üzerini örtmeye. Sen bilmeyeceksin. Ben seni kimseye anlatmadan, belli etmeden seveceğim. İçimde saklayarak… Kendim bile haberdar olmayacağım seni sevdiğimden." diye cevap verdim.

"Böylesine masum duygulara fazlayım. Ben aşka siyahım. Kalbin altından bile olsa ne dönüp bakarım, ne de içimdeki bu acıyı söküp atmadan yeni duygulara yelken açarım.

Kalbi başkasına ait olan bir kadını senin de istemeyeceğini düşünüyorum zaten.

Hep mutlu ol olur mu? Kendine aşkla bak…" diyerek yanımdan gitti. Hiç gelmeyen bir kadın, o an benden gitmişti. Ben ona geç kalmışım gibi hissetmiştim. Bu yüzden kendime kızdım. Lakin kendimi suçlamam hiçbir şeyi değiştirmeyecekti. Eğer bu bir şeyi değiştirecek olsaydı, duygularım bu kadın için müebbet bile yatmaya hazırdı.

Ama değiştirmeyeceğini ikimiz de biliyorduk. Üzerine gitmemeli, onu sıkboğaz etmemeliydim.

Çocukluğunu yaşayamayan, çocuk yanı eksik kalan bir adam olarak benden güzel bir baba, annesine evladı gibi sahip çıkmaktan yılmayan bu kadından da güzel anne olurdu...

Bu kadın benim evleneceğim kadındı. Allah bunun hissini vermişti kalbime. Ben de en güzel hayallere gebe gezdim uzun bir süre. Ona kızmamıştım. Kızamazdım da. Buna hakkım yoktu. Neticede geçmişinin bırakmış olduğu izler henüz tazeydi. Bana güvenmesini bekleyemezdim. Bu zaten delilik olurdu.

Şu anda benim yürüdüğüm yolda yürüyen ve aynı duygularla karşılaşan bir sürü insan vardır. Bunu biliyorum. Bu durumda akıllara tek bir soru düşüyor.

Acılar geçer mi?

"Bence acılar geçmez. İnsan, canını acıtacak en ağır acıyla karşılaşsa da belli bir zaman sonra o acılarla yaşamaya alışıyor. İzi kalabiliyor bazılarının. Bazıları çabuk atlatılıyor.

Bazılarıyla yaşamak zorunda kalınıyor. Ve buna çaresizlik deniyor. Çünkü acıların yasını tutabileceği uzun bir yol değildi insan hayatı. Erteleyip duyguları, bir ömür yaşayamazdı acıları. Bu yüzden acılar geçmiyor. Acılarla yaşamaya alışıyorsun...

"Aldığımız nefes bile bize emanetken, öylesine sahipleniyoruz ki acıları..."

Belki acılarını yenip öyle çıkardı karşıma. Tam karşıma dikilip: "Birbirimize geç kaldık. Ama geç kalınmışlık hissi olsa da, kalbimin diplerinde sana yetecek bir sevgi varmış. Onu sana sunmaya ve kalbini ortak etmeye geldim dualarıma..." derdi.

Bu da böyle bir hayal olarak kaldı zaten. Bu kadınla ilgili bir sürü hayallerim vardı. Bunu maddeler halinde yazmaya kalksam, alfabe yetersiz kalırdı.

ÜÇÜNCÜ BÖLÜM

O gün o yumruk yüze değil, kalbe indi.

Günlerden çarşambaydı. Herkes şirkette işinin başındayken öğle saatlerine doğru, danışmadan telefon açıp bana kargo geldiğini söylediler. Anneme yanımda getirmediğim iki üç parça eşyamı, gündüz evde olmadığım için iş yerimin adresini vererek kargoya vermesini istemiştim.

Paketimi aldıktan sonra yukarı çıkmak için asansörü çağırdım. Kapısı açılan asansörün içinde üç kişi vardı. Ben de bindim. Ve tam asansörün kapısı kapanmak için hareket etmişti ki, bir anda kapının önünde Buse belirdi. Asansöre binmek için koşturunca asansör kapısına ayağımı uzatarak kapanmasını önledim. Ve koşturmaca sonucu o da bindi. Teşekkür bile etmedi. Konuşmuyorduk zaten. Gözlerine bile bakmadım. Nefretimden değil, korkumdan. Kendimi göremememden. Ona baktığımda başkasına ait izler taşıdığını görecektim. Ben de tek kelime etmeyi bırakın, gözlerinin içine bile bakmadım.

Ondan önce indim asansörden. Bugün, bu saatte, burada ne işi olduğunu merak etmemiş de değildim.

Ama bu konunun üzerinde durmadım. Asansörden indiğim zaman, geçen gün onun babamın yanında ne işi olduğunu sormayı unutmuştum. Ama çoktan gitmişti. Sıkıcı bir iş gününün daha sonuna gelmiştik. Kargo paketimi alıp kapının önüne çıktım. Eve şirketin servisiyle gidecektim. Ama servis henüz gelmemişti. Beklerken, soluma döndüğümde Buse'yi gördüm. Tam yanımdan geçerken, karşı yoldaki spor arabadan inen siyah ceketli bir adamın bana doğru yaklaştığını gördüm. "Demek bay âşığımız sensin ha!?" dediği esnada beni yüzüme attığı yumrukla yere serdi. Sebebini bilmediğim bir yumruk darbesiyle yere yığılmıştım. O an bir kargaşa yaşandığının farkındaydım, ama ayağa kalkamadım. Sonra Buse'nin kolundan tutup onu arabaya bindirip götürdüğünü gördüm. Herkes başıma üşüşmüştü. Her taraf kan olmuştu. Burnumdan kan boşalıyordu resmen. Buz falan getirdiler ama nafile. Sonra babam geldi olayın yaşandığı yere. Beni kaldırarak hastaneye götürmek için arabasına bindirdi. Ve sonra oradan uzaklaştık. Hastaneye giderken yolda hissettiğim acının tarifi yoktu. Üzerine bir de babamın beni hatırlamayışı binince daha kötü hissettirdi. Ve bugün o yumruk yüzüme değil, kalbime inmişti…

Hastaneye gidene kadar pek konuşmadık zaten. Yüzüne dahi bakmadım babamın. Kendime geldiğimde kolumda serum vardı. Ve başımdaki adam babamdı.

Hayatımda ilk defa yanımda gördüm onu. Yanımızda olması gereken insanlar, yıllarca bizi yalnızlığa mahkûm edip bir anda yanımızda bitivermeleri tuhaf hissettirebiliyordu.

Beni hatırlayamaması da ayrı bir komiklik katıyordu olaya. Ama acı yanlarım daha ağır basıyordu. Bunca zamana dek yanımda bir kere bile varlığını hissedemediğim adam, bugün yanımdaydı. "Bir anlamı var mıydı?" diye sorarsanız, benim o yaram çoktan kabuk bağlamıştı...

O anın bana hissettirdiği şeylerin tarifi mümkün değildi. Serumumun bitmesine az kalmıştı. Çok ağrım vardı. Gözüm mosmor olmuş, burnum sarılıydı. Kötü durumdaydım. Buse'nin de hastaneye geldiğini gördüm. Yanımıza geldi ve gözlerini babama dikerek: "Enişte biraz dışarı gelebilir misin?" dedi ve odadan ayrıldılar.

Hayatımda olmayan şeyler oluyordu. Ve tüm bunların başrolünde ben yer alıyordum.

Enişte mi demişti, yoksa bana mı öyle geldi? Kulaklarım yanılmış olamazdı. Evet, babam Buse'nin teyzesiyle evliydi sanırım. Ve onun eniştesiydi.

Sonra Buse yanıma tek başına geldi. Geldiğinde ona "Beni hastaneye getiren adam nereye gitti?"

diye sorduğumda, "Eniştem mi? Seni evine götüreceğimi ben söyledim." diye yanıtladı beni.

Emin olmak için ona "Senin eniştten mi oluyor?" diye sordum.

"Evet." diye yanıtladı.

O an kabuk bağlayan yaralarım sızlamıştı. Şaşkınlığımı Buse'ye belli etmeyerek;

"Beni eve bırakmak için buraya kadar gelme zahmetinde bulunmasaydın. Ben kendim de giderdim." dedim.

"Zaten çok utanıyorum. Senin hakkını nasıl öderim bilmiyorum. Konuşma sen. Yorma kendini."

Üzerimdeki bakışlarının ifadesi sanki onun canının daha çok yandığını gösteriyor gibiydi.

Ama gerçekler varken ihtimaller yaşanmıyor tabi ki. Bugün canım yanmadığı kadar yandı.

Tanımadığım bir adamdan yumruk yiyip şu hale geldiğime mi, yoksa babamla aynı şirkette çalıştığıma mı yanayım bilemedim. Ha bir de enişte olayı var tabi. Kendimi nasıl toplayacağımı bilemiyordum. Serumu çıkardıktan sonra doktor ilaç reçetemi verip beni taburcu etti. Bana dört gün rapor vermişti. Buse yanımdaydı, ama onun yanımda olduğu hissine epey uzaktım. Çünkü canım hâlâ yanıyordu. Yüzüm çok kötü durumdaydı. Tek kelime bile etmedik. Etmek istesek bile edemezdik. Çünkü hiç konuşacak halde değildim. Eve gitmek için bindiğimiz otobüste yan yana oturduk. Bunun mutluluğunu bile yaşayamadım. Evin bulunduğu sokağa girdiğimiz zaman ona benimle gelmesine gerek olmadığını ve kendim gidebileceğimi söyledim. Teşekkür ederek yanından ayrıldım. Rica bile edemedi. Belki de çok pişmandı bilmiyorum. Siteden içeri girerken güvenliklerin bana olan bakışlarından bile anlayabiliyordum yüzümün iç açıcı durumda olmadığını. Eve gider gitmez kendimi yatağa attım.

Ağrılarımdan dolayı uyumakta güçlük çeksem de, sonradan güçlükle uyudum. Uyandığımda saat sabah dörde geliyordu. Yastığımın bir bölümünün kan olduğunu görünce, sinirlerim bozulduğu için ağlamaya başladım. Hak etmediğim acılarla cebelleşmekten yorulmuştum. Bu yüzden ağlarken bile canım yandı. O derece ağrım vardı. Bense ağladıktan sonra insana gelebilecek en iyi şeyin uyku olduğunu bir kenara bırakıp, abdest alıp sabah namazını kıldım. O gece ağrım, başımı seccadeyle buluşturduğumda dinmişti. Sonuçta derdi kula veren Rabb'im, dermanını da verirdi. Buna şüphe yoktu. Buse'nin annesine de dua etmeyi unutmadım.

Namaz bittikten sonra tekrar uyudum. Gözlerimi açar açmaz saate bakmak için telefona elimi attım. Saat 11:35'di. Ve Buse'den "Günaydın." mesajı gelmişti.

''Benim günümün aydın olması için tüm bunların mı olması gerekiyordu?" diye sordum kendime. Ve cevap veremedim. Doktorun yazdığı ilaçları da almayı unutmuştum. Biraz ağrım vardı. Bir şeyler yemeye çalıştım. Pek iştahım da yoktu. Sonra telefonumun çaldığını duydum. Arayan Buse'ydi. Telefonu açtım.

"Nasılsın?" diye sordu. Sesi biraz daha farklıydı.

"İyiyim, yani iyi olmaya çalışıyorum. Sen nasılsın?"

"İyiyim ben de. Nasıl olduğunu merak ettim. Nasıl oldun, ağrın var mı?"

"Biraz ağrım var. O da geçer birkaç güne."

"Anladım. Bir şeye ihtiyacın olursa söylemen yeterli. Gerçi ihtiyacın olsa bile söyler misin bilemiyorum, ama yine de söyle. Bu arada, dün eve dönerken senin poşetin bende kalmış. Otobüsten indiğimde fark ettim. Geç olduğu için geri getirmek istemedim. Ne var bu poşetin içinde?" diye sorduğunda o ana kadar kargo poşetinin varlığından haberdar değildim. Unutmuştum gerçekten de.

"Önemli bir şey değil, birkaç parça eşyam var yalnızca."

"Bir kızın olduğunu bilmiyordum."

"Nasıl yani?"

"Poşetin içinde ufak kilitli bir kutu vardı. Bende cinsimin vermiş olduğu meraklılık duygusuyla kutuyu açtım. Ama kutuya zarar vermedim merak etme. Geldiği gibi duruyor. İçinde tokalar vardı. Bir kızın olduğu geldi aklıma. Bilmiyordum." dedi.

Poşeti ona neden açtığını sormam bir şeyi değiştirmeyecekti. Açmıştı bir kere. Bu kadının iç dünyama girdiğini hissetmeye başladım iyice.

"Benim bir kızım yok. Olsa bunu sana dile getirirdim zaten. Senin gibi bazı şeyleri saklama gereği duymuyorum ben. İçim dışım birdir benim. Bu zamana kadar senin acılarını konuştuk. Ama her insanın olduğu gibi benim de bir hikâyem var. Ben o tokaları ileride sevdiğim kadından bir kızım olursa diye onun için biriktirdim. O yalnızca bir kısmı. O kutuda kalmış onlar. Diğerleri bende."

"Ya oğlun olursa?"

"Bu soruyu soracağını biliyordum. Hem bunları neden konuşuyoruz ki?"

"Cevap verir misin?"

"Eğer oğlum olursa onun için de biriktirdiğim Vosvos koleksiyonum var."

"Sen nasıl bir hayal gücüne sahipsin be adam? Hiçbir erkeğin bu zamana kadar yapmadığı bir şeyin hayaliyle yaşaması her adama nasip olmuyor bu hayatta. Gerçekten çok özel. Paketini açtığım için özür dilerim. Biz kadınlar biraz fazla meraklıyızdır bilirsin, seni tanımak istedim belki de bilmiyorum. Ama tekrar kusura bakma..."

"Beni tanımaya o paketi açarak mı başladın? Ya o kutunun içinde tokalara rastlamasaydın? Beni tanımak istemeyecek miydin?"

"Belki de bu bir işarettir. Aşkın bana göz kırpmasıdır. Biliyorsun aşkı yaşayıp görmeden sonuca gidemiyoruz."

"Haklısın... Sonuna geldiğin yolda aşkın sana göz kırptığından söz ediyorsun bana. Ben bir gözümü açamazken hem de. Geçen gün şirketin önündeki bana yumruk atan adam mıydı acılarını taşıdığın?"

"Evet, o olay için gerçekten üzgünüm. Zaten onunla olan tüm bağımı kopardım. Çünkü bunu sana yapmaması gerekiyordu. Asla yapmaması gereken bir şeyi yaptı. Ve bunun affı yok. Bende vazgeçtim. Ondan nefret bile edemiyorum şu an. Hani nefret etmeye bile değmiyor. Geçmişimize saygım var. Ama bir kadın vazgeçmeyi koymuşsa kafasına, hiçbir şey engel olamaz sevdiği adamanı yanında kalmamasına.

"Bundan daha önemli bir şey var. Şimdi ikimiz de o adamın acısını taşıyoruz. Sen kalbinde, bense yüzümde. İkimiz yine aynı anda bir eylemi gerçekleştiriyoruz. Ve bu ikinci kez başımıza geliyor.

Ama ikimiz bir araya geldiğimizde, bir tane bile biz etmiyoruz.

Lakin ben birinin acısını taşıyacak olsaydım ona değil, sana ait acıları taşımak isterdim.

Vazgeçmene üzüldüm. Hayatta başlayan her şey bir gün bitiyor. Ömür gibi…

Doğduğumuz zaman kulağımıza ezan, öldüğümüzde ise arkamızdan okunan sela bu durumu özetliyor sanırım. Ama marifet insanın hayattayken en güzel köşesinde sakladığı duygularla teslim edebilmesiydi her şeyini… Bir başkasının değil de, birbirimizin acılarıyla yüz yüze gelmemiz dileğiyle. Allah'a emanet ol. Eşyalarımı kendimi toparlayınca alırım. Tokalarım sana emanet…" dedim ve telefon görüşmesi sona erdi. Bu yaşanan olay Buse'yi bana biraz yakınlaştırmıştı fark ettiğim kadarıyla. Ya da vicdan yapıyordu. Ama vazgeçtiğini söyledi.

Tam o esnada hissetmeliydiniz kalbimin ritmini. Bir kalbim varmış, bunu fark ettim.

Bir telefon konuşması bile yeni bir ben keşfettirdi bende. Bir de ben olsaydım kalbinde, en güzel hislerim boğulurdu onun gözlerinde.

Ondan elini ayağını çekmeye hazırlanan duygularım, yine ona bel bağladı. Ben yine kördüğüm…

Gel de çöz çözebilirsen…

Bir ay sonra

Buse'yle birbirimizi zaman zaman görüyorduk. Ama çok sık konuştuğumuz söylenemezdi. Ona karşı duygularıma yoğunlaşmıyordum. Yoğunlaştığım zaman ikimiz de yorgun düşüyorduk.

Birbirimize zaman vermiş gibi bir halimiz vardı.

Geçen bir ay içinde yıllık iznimi kullanarak Antalya'ya gidip annem ve kardeşim Yiğit'le hasret giderdim. Antalya'ya gittikten üç gün sonra aldığım acı haberle yıkılmıştım. Buse'nin annesi uzun süredir şeker hastalığıyla mücadele ediyordu. Ve en sonunda hastalığına yenik düşerek hayata gözlerini yummuştu. Buse annesinin ölüm haberiyle adeta bitkisel hayata girmişti. Hayat onun tutunduğu tek dalı kesmişti. Bitkin durumdaydı. Ben de bu haberi alır almaz ertesi gün İstanbul'a onun yanına gelmiştim. Çok kötü durumdaydı. Yaptığı tek şey bana sarılıp ağlamaktı.

Benimse içim gidiyordu. Hayatta bazı gidişler geciktirilebilirdi. Ama konu ölümse, elden ne gelirdi?

Alışmaya çalışıp yaşamaya devam etmekten başka bir çare yoktu. Buse çok kötü bir dönemden geçti. Ve bu zaman içinde hep onun yanındaydım. Ve onun yeniden tutunduğu dal olmak için her şeyi yapmaya hazırdım. Kendine bir şey yapar korkusuyla, bir an olsun yanından ayrılmadım, hep destek olmaya çalıştım. Ne kadar başarabildim bilmiyorum, ama insanın tek tutunduğu dalın kesilmesi çok kötü bir şeydi…

Tutunduğumuz ağacın dalları göğe ne kadar yükselirse yükselsin, her şey toprağa bağlıydı…

"Duyguları gökyüzünde gezenlerin, yeniden toprağa döneceğini de belirtmek isterim."

DÖRDÜNCÜ BÖLÜM

Kalbimi sende temize çekmeye geldim. Ver elini, hayallerimizle gökyüzüne gidelim.

Yeniden toprağa döneceğimizi bilerek, birbirimizi bir ömür sevelim...

Babam onun oğlu olduğumu halamdan öğrenmişti. Bunu öğrendiği zaman benimle konuşmak istedi. Bana kalsa hiç söylemeyecektim ama öğreneceği varmış işte.

Tepkisinin ne olacağını merak ettiğim için iş çıkışı, onunla konuşmayı kabul ettim. Şirketin kafeteryasında oturup konuştuk. Konuşma pek uzun sürmedi. Mümkün olabildiğince kısa cevaplar vererek sorularından kaçtım. Çünkü burada konuşulan zaman, benim savunmasız ve yaşanmayan çocukluğumun eksik yanlarını tamamlamayacaktı.

"Bana neden söylemedin oğlum olduğunu?" diye sordu.

"Annemi, kardeşimi ve beni bırakıp giderken sen bize sordun mu? Bunu bir kenara bırak, giderken ardına bir kere bile bakmadın. O kadın yıllarca bize hem annelik, hem de babalık yaptı. Bir kadının omuzlarına bunca yükü yükleyip gitmek adamlığın hangi kitabında yazıyor? Söyle de ben de okuyayım o kitabı. Her şeyle mücadele etmeyi bir kenara bırakıp, o kitabı okuyayım. İnsanların omuzlarına ağır yükler yükleyip çekip gideyim. Sana söyleyecek o kadar çok şeyim var ki...

Ama bunları sana söyleyebilecek kötü bir kalbim yok. Neyse. Bunların hiçbirinin de zaten önemi yok.

Bunların vebalini hiçbir yerde ödeyemeyeceksin. O kadar ihtiyacımız olduğu zamanlar olmuştu ki sana, haberin bile olmadı. Ne acı. Trafik kazası geçirip hafıza kaybı yaşamışşın. Şimdi bilmiyorsundur, bir de kızın var senin. Hayatında en çok senin varlığına ihtiyaç duyduğu halde, benim gibi çocuksu yanı eksik kalan...

Beni bir kenara bırak, o sana çok ihtiyaç duymuştu... Bunları konuşmak bir şeyleri değiştirmeyecek. Ama bil diye söylüyorum.

Bir kızın olduğunu, bizi bırakıp gittiğini, sana çok ihtiyaç duymuş olduğumuzu ben söylemeliydim. Ama bu da hayatın bir oyunu işte. Bu zamana kadar senden hiçbir şey istemedim. Hiçbir beklentim olmadı senden yana. Ama hayatında ilk ve son kez bir babalık yap. Annemin ve Buse'nin haberi olmasın bu olanlardan. İkimizi baba oğul değil de, iki yabancı bilsinler. Baba oğul olmayı başaramayan sen ve benim aramda sır olarak kalsın bu.

Buse'nin de babası yok benim gibi. Annesinin ve kardeşinin ölümü onu çok sarstı. Bunu benden iyi sen biliyorsundur. Aynı evde yaşıyorsunuz neticede. O benim evleneceğim kadın. Yakında Buse'ye evlenme teklifi edeceğim. Allah izin verir gözleri Buse'ye benzeyen bir kızım veya oğlum olursa, bir baba evladına nasıl sahip çıkar, babalık nasıl yapılır sen de görmüş olursun...

Yine de senin evladın olarak bende bıraktığın eksik yanlarım var. Bunu biliyorum. Ve senden hayatında bana ilk defa babalık yapmanı istiyorum. Sadece bu. Başka da bir şey istemiyorum senden." dedim ve onu ikna ettim.

Oradan ayrıldıktan sonra birbirimize yabancı gibi davranmaya devam ettik. Bense Buse'ye edeceğim evlenme tekliflerini düşünmeye başlamıştım.

Uzun bir süre her şey normal devam etti. Buse annesinin ölümünden sonra bir süre işe gelmedi.

Ben de elimden ve kalbimden geldiği kadarıyla onun yanında olmaya çalışıyordum. Benim ona her baktığımda ufak not kâğıtlarına "Sen benim evleneceğim kadınsın." yazıp içimdeki duvarlara astığımı bilmiyordu. Bunu bilen yalnızca babam ve bendim. Ama Buse ona olan ilgimin ve hislerimin farkındaydı. İçinde bulunmuş olduğu durumdan dolayı hislerime olabildiğince karşılık vermeye gayret gösteriyordu. İşte ben onun en çok bu yönünü seviyordum.

Kendini düşünmesi gereken bir dönem içinde, yalnızca kendini düşünüp köşeye çekilmiyordu. Beni de önemseyip düşünüyordu. Omuzları acı yüklü kadınlar, hissettiği onca acıya rağmen sevebiliyordu. Sevilecekse böyle kadınlar sevilmeliydi.

Ben Buse'ye her baktığımda annem aklıma geliyordu. Bu yüzden bu ona daha çok yaklaşmamı sağlıyordu. Ona olan hislerim her gün daha da güçleniyordu. Artık gerçek aşkın tüm savaşlarına karşı hazırlanıyordu içimdeki duygularım... Ben kendimden, kalbim hislerinden, duygularım gideceği adresten emindi.

Aslına bakacak olursanız, o benim yüzmeyi bilmediğim halde boğulmak istediğim tek denizdi.

Bu kalbim onu gelgitleriyle, kıyılarıma vuran minik dalgalarıyla, hem balıkla, hem de simitle yetinebilen martılarıyla bir ömür kabullenirdi.

Anneme Buse'den çok söz etmiştim. En az benim kadar o da tanıyordu Buse'yi. Anne biz geldik desem, kabullenirdi gelinini. O derece biliyordu benim Buse'ye olan sevgimi…

Bir müddet Buse'nin bana karşı olan hislerinin ciddiyetinden emin olmak için kendimi beklemeye almıştım.

Ta ki günlerden birinde Üsküdar Salacak sahilde bana adımın anlamını sorduğu ana dek…

Sesinin neden titrediğine anlam verememiştim. Rüzgârdan dolayı mı, yoksa duyguları demini aldığı için mi bilemiyordum. Ama aklımda tek bir şey vardı. Bir kadın öyle her şeye bırakmazdı içindeki duyguları…

Rüzgâr düz ve uzun saçlarını yanaklarına örttüğü esnada titreyen sesiyle:

"Batur?" diye seslendi.

"Efendim?"

"Adının anlamını biliyor musun?"

"Evet. Batur köken olarak Türkçeden gelme aslında. Cesur ve savaşçı anlamına geliyor. Rengi de mavidir bu arada… Hem neden sordun?"

Ona baktığımda gözlerini kısarak tebessüm etti. Kız Kulesi'nin denize çarpan ışıklarını onun kısık gözlerinde görebiliyordum.

"Sen hep böyle hazır cevap mısındır?"

"Nasıl yani?"

"Mesela sana sorulan soruların cevabı sende hazır mıdır her zaman? Hiç mi ekleme yapmazsın? Ya da ne bileyim dersine iyi çalışıyorsun anladığım kadarıyla."

"Bana nereden soru sorulacağını bilmediğim halde cevaplarıma nasıl çalışabilirim ki?"

"Bak mesela, ben sana sadece adının anlamını bilip bilmediğini sordum. Sen adının anlamının yanına renginin mavi olduğunu da söyledin. Oysa ben senin rengini sormamıştım. Bunu sen söyleme gereği duydun. Seni sevmem için sanki önüme tüm özelliklerini seriyor gibi çabaların var. Bunları sezebiliyorum. Ama bırak, ben sana sende rastlayayım. Seni bana sen getirme... Ben geleyim bu adamın kalbine. Attığım her adımda yenilikler keşfederek, çözerek seveyim seni içimdeki en temiz sevgiyle. Kördüğüm olduğun halde beni kendine bağlayamazsın. Çabuk koparız. Sana bağlanmam için ufak düğümler atmam gerekiyor... En son ikimiz kördüğüm oluruz. Seni orada yalnız bırakmam merak etme. Şu anda olduğu gibi."

"Sana aşkı içimdeki mavi haliyle sunmayı istemek suç olmamalı."

"Suç değil zaten. Bence sen benim ne demek istediğimi gayet iyi anladın. Şöyle düşün, şu an gökyüzüne bak, hava simsiyah değil mi? Evet. Hadi bana maviyi yaşat. Dilediğin kadar bana maviden bahset, kuşlardan bahset. Hiçbir cümlen bizi siyahı yaşıyor olduğumuz gerçeğinden ayırmayacak. Şu an siyahı yaşıyoruz. Maviyi görmek için uyuyup sabaha uyanmamız gerekiyor. Yani demek istediğim, her şeyin bir zamanı var. Dile yatkın mümkün olan duygular kalpte mümkün olmayabiliyor bazen. Elbet ben de isterim sevginin en güzel halini yaşamayı. Ama beklemeliyiz. Aşk öyle hemen yaşanılan bir şey değil. Bir şey kaybetmezsin beni çözmeye çalışırsan. Ama önce uyuyup uyanalım olur mu?"

"Evet bir şey kaybetmem. İnsanın kaybedecek bir şeyi olmaması ne acı… Ya beni bir martı, seni de minik bir serçe olarak karşı karşıya getirirse bu gökyüzü?"

"Aynı gökyüzünün çatısı altında kanat çırpıyor olmamız bir anlam ifade etmez mi?"

"Fazlasıyla…"

"Peki adının anlamı gibi cesur ve savaşçı mısındır aşkta?"

"Kan gövdeyi de götürse, son nefesimi verene dek bizim için savaşacağımızdan endişen olmasın."

"Peki ya savaşı kaybedersen?"

"Her savaşa kazanmak için çıkılmıyor ki. Öleceğini bile bile çıkıyorsun çoğu savaşlara. Kaybedersek de bu ikimizin yenilgisi olur, sadece benim değil. Ama kalbimin topraklarını sen işgal edeceksen, bu savaşa kaybedeceğimi kabullenerek de çıkarım."

"Sen delisin. Cümlelerinden belli zaten aşkta ve hayatta savaşçı bir kalbe sahip olduğun. Bunu gözlerinde ve bana bakışlarında gördüm. Farklı sevebilen bir adamsın. Ama şu an ben üşüdüm."

"Kalkalım mı?"

"Senin zaferlerinde üşüyen bir kadını ısıtmak yok mu yoksa? Benim savaşlarımda aşkı hak eden bir adam tarafından ısıtılmak var da…"

Onu biraz olsun ısıttıktan sonra evine bırakmam için kalktık. Bu konuşmalardan anladığım kadarıyla, onun beni sevmesi için zamana ihtiyacı vardı. Bunu açık bir şekilde anlayabiliyordum.

Bekli de acıları tazeydi. Bu yüzdendi bana adım atmaktan duyduğu endişeleri…

Yolda yürürken yeniden "Batur?" diye seslendi.

"Efendim çıkmaz sokağım?"

"Çıkmaz sokak mı? Çıkmaz sokağın mıyım ben senin yani?"

"Hayır, sen çıkmaz sokak değilsin. Benim içinden çıkmak istemediğim sokağımsın sadece."

"Sen yazıyordun değil mi? Bir ara muhabbeti geçmişti yanlış hatırlamıyorsam."

"Hayır yanılmıyorsun. Kendimce yazdığım bir şeyler var ama artık eskisi kadar vaktim olmuyor yazmaya. Üzerinde durmuyorum yani."

"Ben hiç yazamam biliyor musun? Yani hissettiklerimi dile getiremem. İçime tıkıştırırım ne varsa. Ama bence sen yazıyorsan bırakmamalısın. Kitap haline getirmeyi bile düşünebilirsin. Hem belki senin şiirin olurum."

"Olmaz."

"O nedenmiş?"

"Şiirler okunur, okumasın seni kimse, kıskanırım. Ben seni

yazarım yazmasına, ama sen benim başkası okur diye yazmaktan çekindiğim ve yalnızca ikimizin ezbere bildiği bir şiir olarak kal. Bence böylesi daha güzel. Kitap konusuna gelince, en güzel kitabı sen "evet" dediğinde çıkaracağım. Ve bu kitabın adı ise "Gerçek Aşk" olacak. Belki kızımız veya oğlumuz olur, en güzel şiirimizi birlikte ona yazarız ne dersin?"

"Bunu bir dua olarak farz ediyor ve amin diyorum."

"Amin."

Hava iyice soğumuştu. Hızlandık ve onu eve bıraktım...

Sevmeyi bilmeyen adamların, onlar için her türlü fedakârlığı göze alabilecek kadınları yıpratması sonucunda, o adamların kalpsizlikleri ve sorumsuzluklarının faturasını ben ödedim hep. Hayatımda adım atmak istediğim pek kadın olmadı. Ama istediklerimin kapıları da kapalıydı. Kimse kalbinin kapısından beni içeri almadı.

En güzelinden sevdim, çabaladım, bekledim, sabrettim, ama pişman olmadım. Ben her ne yaptıysam aşkı yaşamak için yaptım... Ve yanan benim canım olsa da inanın bana bunları yaptığıma bir gün pişmanlık duymadım. Ben bu kadına en büyük adımı kalbimle aramdaki o duvarı yıktığım zaman kalbime yaklaştığımda daha da ısındığım anda attım. Hiçbir şeyim yokken en çok onu sahiplendiğimi fark ettiğimde attım...

Ama her şeyin bir zamanı var demişti. Ama zamanla da bir şey değişmiyordu ki. Hislerinden uzaklaştırıyordu insanı zaman. Umarım geç olmadan o da bana adım atar. Çünkü Buse'nin adının yanında soyadım çok güzel duruyordu. Bu bile onu sevmem için yeterli bir sebepti. Düşünün, erkek olmama rağmen onun adının yanına soyadımı ben koyup deniyordum. Hiç mi sevilmeyi hak etmiyorum?

Ya da hangi bir acı beni ertelemesine yeterli olabilir?

Her gece uyumadan önce ikimiz için Allah'tan hayırlısını isteyerek ve onunla aynı şehri paylaştığım için şükretmeden uyumuyordum.

Oysa benim ezbere bildiğim tek şiir, onun kirpikleriydi. Her gece onu severek uyurdum, o hiç bilmezdi…

Kısa Bir Not:

Aşk biri için ölmek değil, sevdiği insanla yaşlanmaktır.

Kolayı herkes tercih eder, önemli olan zora koşup, hislerinle inanmandır.

O yüzden sevdiğiniz insana "Ben Senin İçin Ölürüm" benzeri cümleler kuracağınıza "Benimle Yaşlansana" deyin.

Birlikte yaşlanmak aşkın en doğru hâlidir...

BEŞİNCİ BÖLÜM

O tuzlu kahve içilecek!

Buse ve ben artık birbirimizi iyice çözmüştük. Aşk birlikte kördüğüm olmak değil, çözülmekmiş. Bunu anladık. Sabah kahvaltısında olmazsa olmazlarımı, sevdiğim şarkıları, en sevdiğim yemekleri, izlediğim filmleri, Beşiktaş'a olan düşkünlüğümü ve birçok şeyi biliyordu. Şirkette birlikte yediğimiz yemekler, yaptığımız kahvaltılar, iş çıkışı onu eve bıraktığım günler birbirimize iyice yaklaştırmıştı bizi. Hani eksik parçam oymuşta onunla tamamlanmışım gibi. Geçen bu zaman sürecinde ondan vazgeçmeyi hiç düşünmedim. Çünkü ben onu bekledim. Unutmayın ki beklemek de bir emektir. Ben en büyük emeği bu kadının benim kalbimin kapısını çalmasını bekleyerek verdim. Soyadım deseniz, hiç şüphesiz verirdim. Çünkü onu soyadımı almasını isteyecek kadar çok sevdim.

Beni kalbinden içeri almasa da, bir gün o çalacaktı benim kalbimin kapısını. Ama çalmasına gerek olmadığını, kalbimin kapısının ona ardına kadar açık olduğunu bariz iyi biliyordu. Belki de iyice emin olmak istedi kendinden ve benden. Duygularından emin olmadıktan sonra bir insanın karşısına çıkman anlam katmazdı aşka. İnsan önce kendinden, sonra kalbinden emin olmalı hayatta. Sonra adım atmalı sonsuzluğa…

Buse'nin çok iyi fal baktığını biliyordum. Fala inancım olmasa da fala inanma falsız kalma modunda olanlardanım. Ve özel bir fincan yaptırdım. Fincanın elime geçeceği zamana kadar Buse'yi oyaladım. Sürekli birlikte gittiğimiz bir mekân vardı. Üstelik Buse'nin, orada bana, çoğu kez fal bakmışlığı da vardı. Neyse ki fincan elime geçmişti. Ona evlenme teklifimi falıma bakacağı fincanla yapacaktım.

Mekânın sahibiyle yakından olmasa da tanışmışlığımız vardı. Sağ olsun beni de kırmadı. O kadar heyecanlıydım ki size anlatamam. İki orta kahve söyledik. Buse'ye de hiç belli etmedik. Çünkü yapılan en ufak bir hata her şeyi mahvederdi. Kahveleri söyledikten sonra, ben lavaboya gideceğim bahanesiyle içeride mekânın sahibiyle konuşup, teklifi yapacağım fincanın bana servis edilmesini, çalışanların dikkatli olmasını istedim.

Sonra yerime geçip Buse'yle biraz konuştuk. Yine düz saçları yanaklarına elbise olmuş, kirpiklerine rimel sürmüştü. Çok güzel görünüyordu. Ben bir yandan içimdeki heyecanı yenmeye çalışıyor, bir yandan da Buse'yi idare etmeye çalışıyordum. Ne kadar başarılı olacağıma dair hiçbir fikrim yoktu. Sonuçta ilk kez bir kadına evlenme teklifi ediyordum. Ve içimdeki bu heyecan gayet normaldi.

En büyük korkum ise ya elim titrer de kahveyi üzerime dökersem? Oldu. Ama o heyecanımı da yendim. Çünkü karşımdaki kadın benim yanımda oldukça yenemeyeceğim şey yoktu.

Ve garsonun oturduğumuz masaya elindeki tepsiyle yaklaştığını gördüm. Kalbim yerinden fırlayacak, garsonun elindeki tepsiyi devirecek gibi atıyordu. Yüreğim adeta ağzımdaydı.

Bakın size abartmıyorum, bu heyecan çok başkaydı. Hiçbir cümle ile anlatılamazdı. Yaşanırdı...

Ben heyecanımı iyice yenmek için kahvemi Buse'den sonra yudumladım. Bana kahvemi neden içmediğimi sorunca, başladım yudumlamaya...

Kahve mideme gitse de, ben adımlıyordum gerçek aşka... Fincanın dibine yaklaştığım her yudumda daha çok heyecana kapıldım. Muhabbet ederek kahvelerimizi bitirdik. İkimizin fincanları da kapalıydı.

"Fal bakmamı ister misin?" diye sordu.

Bozuntuya vermeyerek:

"Neden olmasın. Ama ilk önce kendi fincanına bak." diye cevapladım. Sonra kendi fincanını açtı ve birkaç dakika sustuk.

Sonra ona:

"Ne görüyorsun?" diye sordum.

"Uzun bir yol..."

"Yolun sonunu görebildin mi?"

"Hayır bir yolculuğa çıkacağımı gördüm. Ama güzel bir yolculuk. Sonra o yolda iki yol arkadaşı ediniyorum. Ve o iki arkadaşımın hayatımı büyük ölçüde değiştirdiğini görüyorum." dedi ve fincanını kapattı.

"Bakalım senin falında neler göreceğim." diyerek elini tam benim fincanıma atacakken, elini tutup gözlerine baktım: "Bu faldan olur da bir hayır çıkarsa, bekleyeceğim. Beklemek de bir emektir. Ben yine seni seveceğim..." dedim.

Şaşkın bakışları ve tebessüm eden yüzüyle: "Nasıl yani?" diye sordu. Cevap vermeyip, "Fincan senindir." dedim...

Fincanı açtıktan sonra yazıyı göremedi tabi. Hemen görmesini istemediğim için bilerek büyük yazdırmamıştım. Fincanın içinde "Helalim olur musun?" yazıyordu. Sonra bir dakika kadar fincandan gözlerini ayırmadı. Ve birden irkilip, parmağıyla fincanın dibindeki kahveyi sıyırarak dibindeki yazıyı okumasıyla çığlık atması bir oldu. Ve tam o sırada bulunduğumuz yerde gizli olan konfetiler patladı. Sevinçten ne yapacağını şaşırmış bir halde, elleriyle yüzünü kapadı. Mekândaki herkes alkışlamaya başlayınca Buse boynuma atladı. Ve evlenme teklifime en hayırlısından bir "evet" cevabı vermişti. Sonra ben de sımsıkı ona sarıldım. Mekândakiler bizi yeniden alkışladı. Buse'nin gözyaşları o akşam hiç durmadı. İkimiz de birbirimizin yüzüne değen gözyaşlarımızla yeniden âşık olmuş gibiydik.

Bu teklif, aşkımızın ateşine benzin olmuştu. Belki yüzükle teklif edememiştim ama onun da bir nedeni vardı. Buse'ye ettiğim teklifte verdiği "evet" cevabındaki ses dalgaları bana lazımdı…

Senin ses dalgalarında saklıydı benim mutluluğum. Bir "evet"inle yeniden doğuyorum…

Buse'nin "evet" diye verdiği cevabın ses dalgalarını takacağımız yüzüklere kazıttım.

Bu da en az teklif kadar mutlu etmişti onu. Çünkü mutlu olmaya ihtiyacı olan bir kadını bekletmeden mutlu etmeliydiniz. Tıka basa acı dolu kadını, acıyan yanlarından başlayarak sevmeliydiniz.

Ben de bunu yapabildiğim için çok mutlu olmuştum. Kendimi bu kadında çoktan kaybettim. Aramaya çalışsam, bulamazdım. Ve bunun verdiği mutlulukla onu bir ömür seveceğime söz verdim...

Kadınlar seviyor diye değil, kadınım seviyor diye papatyalarla bir ömür aşka...

Teyzemin kocası Azerbaycan'da güvenlik görevlisiydi. Buse'yi istemek için annemin gelmesini isterdim ama kardeşim Yiğit'in sağlık sorunları buna izin vermedi. Ki annemi babam denen o adamın karşısına bir daha asla çıkarmazdım. Çünkü hiçbir kadın, kendini kaldıramayacağı acılara iten bir adamın karşısına yeniden çıkmayı hak etmez...

Eniştem izin alarak Azerbaycan'dan İstanbul'a geldi. Hayat bana sevdiğim kadını annemle babam tarafından istemeyi değil de, teyzem ve eniştemle istemeyi nasip etmişti.

Aynı zamanda, sevdiğim kadını kendi babamdan isteyecek olmam da tuhaf hissettirmiyor değildi.

Ama ondan daha büyük bir durum vardı. Buse'nin soyadımı alacağı gerçeği içimdeki her şeyi bastırdı.

İçim içime sığmıyor, karnımda kelebekler uçuşuyordu. Adamın yüzüne baktığımda, hissettiğim acıları içimdeki aşk bastırıyordu. Ve bu yüzden, üzerimden atamayacağım yaralarıma merhem olan kadına, içimdeki aşkı bir ömür sunmalıydım.

Zaten onun da buna hiç şüphesi yoktu. Bu güveni ona ben

vermiştim. Güven vermediğiniz kadına koca bir ömür de verseniz, onun sizi sevmesini bekleyemezsiniz…

İstemeye giderken, Buse'nin papatyaları çok sevdiğini bildiğim için, kucak dolusu papatyalar ve çikolatalarla gittik. Zaten papatyaları görür görmez yüzünde kocaman bir gülümseme belirdi. Üzerinde siyah elbisesi vardı. Parmaklarında ise yine siyah oje sürülüydü.

Siyah bir kadına bu kadar mı güzel yakışırdı? Yanında beyazı ben olacaksam, tabi ki bu kadar güzel yakışırdı…

İçimdeki bu siyah beyaz aşkla, ben onu aşkın en beyaz haliyle sevebilirdim. Acıları yüzünden siyaha alışmış bir kadına, beyazı sevdirmek hiç de kolay değildi. Duyguları sıcak olan bu kadının kalbi üşümüştü…

Sevdiği adamlar tarafından kalbi donmaya mahkûm edilmiş kadınların, buz tutan kalplerini eritmek her erkeğin başarabileceği bir şey değildir. Bunu ancak tüm benliğiyle seven adamlar başarabilir. Zaten böyle adamlar da daima yalnızlığa mahkûm edilmiştir. Ama ben yalnızlığa mahkûm olmak yerine, ne yapıp edip Buse'nin buz tutmuş kalbini eritmeyi başarmış, onun sevgisini yaşamayı hak etmiştim. Bu yüzden Rabb'im bana bunun rahatlığını hem gönlüme, hem de kalbime vermişti. Çok şükür…

Hiç şüphesiz bir kadının en güzel yanı sevdiği adamın yanıdır. Ona en çok yakışan şey ise sevdiği adamın soyadıdır. Yani güzel olan ne varsa, sevdiği adamın kalbinde yer alır.

Ve kadınların aradığı böyle güzellikler biz erkeklerin kalbinde, merhametiyle sevmeyi başarabilen kadınları bu güzelliklerden mahrum bırakmayalım. Çünkü onlar bunu sonuna kadar hak ediyor.

İnsan aşkı hak ettiği zaman gönül rahatlığıyla yaşayabiliyor. Sonra sevmenin ve sevilmenin tadına doyum olmuyor.

Buse, elinde kahve tepsisi, yüzünde ise mahcup bir ifade ile içeriye girdi. Fincanı zaten evlilik teklifini yaptığım gün ben söylemeden almıştı. Yani tuzlu kahveyi evlilik yaptığım o fincanda içecektim. Bizimkiler, kahvelerimizi içerken, Buse'yi teyzesi ve eniştesinden istemişti. Bu hayat da bizim aşkımızı böyle mümkün kıldı. Bize de birbirimizi bir ömür sevmek kaldı... İki kalbin tamamlanmasından sonra sevmek en kolayıydı. Buse'yi istediğimiz günün tarihini de asla unutmadım. Hayatımın en anlamlı iki dönüm noktalarından birincisi, istemeye geldiğimiz akşam, bir diğeri ise Buse'nin evlenme teklifime "evet" diyerek boynuma atlamasıydı.

Eniştem babamdan Allah'ın emri, Peygamber'in kavliyle Buse'yi istedi. Vermemesi için hiçbir engel yoktu. Aksine vermesi için neden çoktu.

Çünkü ona bir kadını bahaneler üretmeden, acizlik yapmadan ömür boyu sevmenin ve bir babanın evladına nasıl babalık yapacağının dersini verecektim. Bu durum onu üzse bile benim hayatımı yerle bir etmişti. Onun üzülmesine üzülmüyor, aksine mutlu oluyordum. Çünkü bu yaşına kadar böylesine önemli şeylerden yoksun kalması bir adamda büyük kayıptı. Benim hayatımda mutluluklarımı ilk önce babam, sonra güvendiğim insanlar yok etti. Yaralandığı yerden nasıl güvenilirdi ki sonra bir insana? Nasıl sevilirdi? İnsan yoruluyor iki büklüm mutsuz olmaktan, sevememekten, sevilmemekten, hissizleşmekten.

Anlamlar yüklediği herkesin kırmasından, sonra o anlamların altında kalmaktan…

Neyse ki kimsenin beni anlamadığı ve benim de zaten bazı şeyleri anlatamayacak kadar hissiz ve güçsüz olduğum zamanlarda bu kadına rastladım. Yaralarımın acısı, onu gördüğüm ilk günden bu yana hiç uğramadı bana.

Kim gelirse gelsin, bir ömür beni böylesine kısa sürede acılarımdan uzaklaştıramazdı.

Bense bana yapılan bu iyiliğin karşılığını Buse'yi bir ömür boyu severek ödeyecektim.

Sen benim gönlümün rahatlığıyla sevdiğimsin…

Babama Teşekkür…

Ne doğum günlerimde, ne bayramlarda, ne de sana ihtiyacım olduğu anlarda bir kez yanımda olup, hâlimi hatırımı sormamana rağmen, ilk defa bu yaşımda bana babalık yaptın.

Bu bana yaptığın ilk ve son babalık olacak sanırım… Babam olarak bu mutlulukta biraz da olsa payın var. Bunun için sana teşekkür ederim…

"Kadın erkeğin gelincik çiçeğidir."

Hz. Muhammed (S.a.v)

Dalından koparıldığı andan birkaç dakika sonra parlaklığını, canlılığını ve güzelliğini yitiren bir çiçektir gelincik çiçeği. En ufak sarsıntıda yara alıp zedelenecek kadar hassastır.

Ve Peygamber Efendimiz'in böyle güzel bir çiçeğe kadınları benzetmesinin üzerine hiçbir yorum yapılamaz.

Bazı kadınları dalından koparmak yerine, dalında sevmeyi denemiyoruz. Üzerine titrenilmesi gereken bir gelincik çiçeği gibidir oysa ki kadınlar. En ufak bir darbede yerle bir olabiliyorlar.

Bir kadın gelincik çiçeği gibi bahar aylarında yazı müjdeler gibi müjdeler erkeğe aşkı. Dalından koparılmak yerine sevilsin ister karşılığında duyguları. Ve bir çiçeği koparmak yerine, olduğu yerde sevmeyi başarabildiğiniz zaman anlayacaksınız aşkın anlamını.

Gelincik çiçeği olmayı başararak gösterir kadınlığını...

Çiçeğini koparmak yerine, üzerine titreyerek kanıtlar adamlığını...

Bana aşkın ne olduğunu soranlara cevabım net olarak budur. Aşk özet geçilecek bir şey değildir.

Hiçbir yerde maddeler halinde de açıklanamaz. Aşk yaşanması gereken bir şeydir.

Hiçe sayılamaz...

Gerçek aşkın ne demek olduğunu hepimiz az çok biliyoruz. Bana aşkın ne olduğunu bir cümle ile özetle derseniz de şöyle özetleyebilirim:

Sevdiğim kadının soyadımı alması... Aşkın en gerçekçi hâli budur. Bundan öteye gidemez aşk. Bu yüzden aşkı maddeler hâlinde açıklama yarışına gireceğinize, yaşamayı deneyin... Ve benim yazıp kutumda sakladığım mektupların arasına Buse'ye olanı da eklendi:

Gelincik çiçeğime...

İçimden söküp atamadığım acıların, seni görmemle son bulduğunu fark ettiğim andan itibaren seni aşk olarak kabullendirdim kendime. Limanıma yanaşmanı bekledim. En güzel emeği sabrederek ve bekleyerek verdim. Seni sevdim desem az kalır. Bu yüzden ben sana sevdim demiyorum, seni dalından koparmaya değil, senin üzerine titremeye geldim…

Sana gelmemin en büyük nedeni ise seninle aynı acılarla aynı yollardan geçtiğim…

Yanımda olduğunu bilerek güne gözlerimi bahara açan gelincik çiçeği gibi sana açarak seveceğim… Seninle en büyük iddiamız aşkımızın meyvesinin ilk önce anne mi, yoksa baba mı diyeceği olacak.

Kazananın kim olacağını biliyorum ama bu bende kalacak. Yine de senin de görüp yaşamanı istiyorum…

Seni soyadımı almanın hatırına Rabb'imin bana biçtiği ömrün son nefesine dek yanımda istiyorum…

Biriktirmiş olduğum mektupların arasına bir yenisi de karım olacak kadın Buse'ye olanı eklenmişti…

Ben mektup yazıp saklamayı çok seven biriyim. Buse benim iç dünyamı fark edince duygularını bana doğru yöneltti. Her kadının adım atmak istediği ve yeniden kırılmaktan korktuğu için yaklaşamadığı bir adam vardır. Oysa sevdiği adamın diğerlerinden farkı olduğunu keşfettiği zaman her şeyini o adama sunar. Hiç şüphesiz o adam tarafından yerle bir edilmesidir. Uzun lafın kısası, sizi kaybetmekten korkarak yüreği ağzında seven kadınları üzmek yerine onlara sahip çıkın.

Her erkeğin bir adamlık vazifesi vardır. Sevdiği kadını ortada bırakmamak... Dışarıya baktığınızda erkeklerin çoğu adamlıktan söz ediyor, ancak adamlıktan nasibini alamayanlar ağızdan ağıza zaten fark ediyor...

İyi analiz yapabilen bir kadın zaten duygularını o adama çeviriyor... Adamlık seni seviyorum demek değil, sevdiği kadının tuzlu kahvesini içmektir. Bunu kimse bilmiyor...

Kendi aramızda yapmış olduğumuz ufak bir törenle evlenmiştik. Ve Buse'de beni sevdiğini babasının soyadından vazgeçmesiyle kanıtlamıştı. Zaten ben ondan bir kanıt istemiyordum. Bana bakan gözleri her şeyi özetliyordu. Evlilik ciddi bir sorumluluktu. Günümüzde evliliği kaldırabileceğini zannedip, bu kararı alanlar var.

Evliliği kaldırabilmesi için insanın kendi sorumluluklarını fazlasıyla yerine getirebiliyor olması lazım ki, evliliğin vermiş olduğu sorumlulukları da sırtlanabilsin. Burada ise en büyük rolü tabi ki erkek oynuyor...

Nihayet beklenen gün gelmişti. Nikâh memuru, Buse'ye severek ve isteyerek bir ömür boyu benimle evlenmeyi kabul edip etmediğini sorduğunda, hiç tereddütsüz fakat büyük bir heyecanla "evet" deyişi bana duyduğu sevginin en güzel kanıtı olmuştu. Hayatımda en hayırlı ikinci "evet"i almıştım. Söylemeden de geçemezdim, siyahın yakıştığı kadar beyazlar da Buse'ye çok yakışmıştı. Onu öyle beyazlar içinde gördüğümde gözlerim dolmadı değil. Nikah memuru aynı soruyu bana sorduğunda tabi ki bende hiç tereddüt etmeden ikimize de hayırlı olacağını umarak "evet" cevabını verdim. Sonrası zaten aşk...

O imzayı attıktan sonra kalem benim elime geçtiğinde, kalbim masanın üzerine çıkıverecekmiş gibi oldu. Tam imzayı atarken Buse ayağıma bastı... Sonra gözlerinin içi gülerek bana baktı ve "Onlar sana sevdiğini söyler, ben ayağına basarım..." dedi.

Ve bu acı hayatımın en tatlı acısıydı...

İmzayı attıktan sonra onu alnından öptüm. Ve Buse artık benim karımdı. Canımdı, canımdan bir parçamdı. O bana kadınlığını yapmıştı. Sıra benim adamlığımdaydı...

Hiç şüphesiz ikimiz de birbirimizi çok seviyorduk. Ve biz Cuma günü evlenmiştik. Cuma namazında olduğum için biraz geç kalsam da Rabb'ime şükür ve teşekkür etmem gerekiyordu.

İlk önce Rabb'ime tevekkül edip, sonra aşkı tevekkül etmem gerekirdi. Sonra öyle de oldu zaten...

İlk pazar kahvaltısı

İlk pazar kahvaltısını ve sonraki pazar kahvaltılarını hep ben hazırladım. Ve çok güzel bir kahvaltıydı. Ben pazar kahvaltılarının aşkla bağlantılı olduğunu düşünürüm her zaman.

Hayatta insanların bin bir çeşit telaşı ve stresi varken, pazar gününe sevdiğinle kahvaltı yaparak başlamak aşkın en yaşanılası hâlidir.

Pazar günü başını onun omuzlarına koyup, tüm insanlığa rağmen, tüm telaşa rağmen onda dinlenmek aşk değil de nedir?

Ve ben seni pazar kahvaltısında karşımda oturduğunu gördüğümde şunu hissettim:

"Sen Allah'ın bana bir lütfusun..."

Anneler ölse de yaşar...

Buse'nin annesinin mezarına ziyarete gittim. Evlendikten uzun bir zaman geçmeden bu ziyareti yapmayı zaten düşünüyordum. Çünkü anneme söylemem gereken şeyler vardı...

Annemin adı Melek'ti. Gerçekten de melek gibi bir kadındı ki böyle bir kız yetiştirmişti.

Dün gibi aklımda, hastaneye annesinin yanına gittiğimizde, kızına ömür boyu sevgiyle dolu, mutlu bir yuva vereceğime söz vermiştim. Bundan bir süre sonra hastalığı ağırlaşmış ve aramızdan ayrılmıştı. Ben ise, Melek anneme verdiğim sözü yaşadığım sürece unutmayacağım...

Melek Annem

Sizin yaşadığınız acıların aynını ben de yaşadığım için, seni çok iyi anlayabiliyorum diyebilecek kadar anlayabiliyorum. Senin ölmediğini, Buse'nin ve benim kalbimde uyuduğunu ikimiz de biliyoruz. Bu yüzden gözün arkada kalmasın annem. Kızın bir ömür bana emanet. Onu bir gün yalnız bırakırsam, kalbim dursun...

Keşke Allah ömür biçseydi de torun sahibi yapabilseydik seni... Önce Buse ile beni karşılaştırdığı için Rabb'ime şükrediyorum. Sonra sana böyle bir evlat yetiştirdiğin için teşekkür ediyorum...

Hepimizin geldiği yer belli, gideceği yer de belli. Ben kızını geldiğim ve gideceğim yeri bilerek seveceğim... Buna şüphen olmasın. Cennette kavuşmak dileğiyle. Rahat uyu...

Mezarlıktan çıktıktan sonra doğru eve gitmek için yola koyuldum. Buse'yi arayıp "Eve bir şey lazım mı?" diye sordum. Allah'ın bana sunduğu en büyük lütuftu bu aşk.

Bana "Eve bir şey lazım mı?" sorusunu sorduran Rabb'ime de şükürler olsun... Eve gittiğimde kapıyı Buse'nin açmasıyla ona sarılmam bir oldu... O da şaşkına dönmüş, bana sarılmıştı... Nedensizce sadece sarılıp kalmıştık öyle...

3 yıl sonra

Ve Batur, Buse'nin nikâh masasında ayağına basmasının hesabını karısının karnındaki Melek kızının attığı tekmelerle sormuştu... Kızlarına Buse'nin ölen annesinin adı olan, Melek'i koydular.

Allah sanki Batur'un fikirlerini almış gibiydi. Onlara Melek gibi bir kız çocuk nasip etti. Ve kızının anne karnındaki ilk ultrason resmini Batur cüzdanında saklamıştı. İleride büyüdüğünde ona göstermek için birkaç tanesini toka koleksiyonu yaptığı kutuya koydu. Bir tanesi hep cüzdanında saklı kalacaktı...

Melek büyüdü, ilk önce "baba" dedi... Ve Buse Batur'un tek kavgası kızlarının ilk önce anne mi, yoksa baba mı diyeceği oldu. Batur kazandı... Batur bu aşk savaşına kaybedeceğini bile bile çıkıp, galip gelen taraf oldu. Kalbini ise karısı ve kızı işgal etmişti... Batur ve Buse hiçbir zaman kızları Melek'e kendi yaşadıkları eksiklikleri yaşatmadılar. Batur babasına, bir baba evladına ve karısına nasıl sahip çıkar onu göstermiş oldu. Batur'un kutusuna koyduğu son mektup ise eşinin karnındaki kızı Melek'e yazdığı oldu...

Güzel kızım; şu anda içinde bulunmuş olduğun durumdan dolayı seni anlıyorum. Biz annenle birlikte gün saymaktayız. Hayata gözlerini açacağın günü sabırsızlıkla bekliyoruz. Merak etme, ben annenle çok iyi ilgileniyorum. Ve anneni istediğin kadar tekmeleyebilirsin. Çünkü bu hakkı sana sınırsız olarak tanıyoruz. Bu hakka sadece ve sadece sen sahipsin. Sana yazmış olduğum mektuplar var, senin için koleksiyonunu yapmış olduğum kocaman bir toka ordum var. Bu da o mektuplardan birisi. Umarım, Allah izin verir de açarsan gözlerini bize, annene en babasından bir eş, sana ise en babasından babalık yapacağımın garantisini veriyorum. Annen ve ben baba sevgisi nedir görmeden büyüdük. Bu yüzden bu yolda yürüme kararı aldığımızda, aramıza giren tek şeyin sen olmasına karar vermiştik. Sana ikimizin yüreğinden kattık.

Unutma, daha büyüyüp arkadaşlarına benim babam yazar havasını atacaksın...

Anne karnındaki bebeğe babasından mektup...

Melek'e kendi yüreklerinden katıp, bir ömür birbirlerinin onlara Allah'ı hatırlatan kalplerini sevdiler. Aşk ağaçlarının meyvesi ise Melek oldu. İki çift bir ömür boyu aşklarının meyvelerini yediler… Günü gelince tek bir kalbe sadık kalmayı başarabilirseniz, aşk savaşında siz de kazanabilirsiniz.

Her savaşa kazanmak için çıkılmaz. Kazanmak için çıktığın savaşlardan sağ çıkamayabilirsin. Kaybetmeyi göze alarak dua ile çıktığın savaşların zaferi senin meyven olur… Tek bir insana ait kalmayı başarabilmeniz dileğiyle…

Kısa Bir Not: *Marifet tuzlu kahveyi içebilmek veya içirebilmek değildi. Yıllarca bu kahveyi sevdiğiniz ve soyadını almak istediğiniz adama içirmek için kurduğunuz tüm hayaller gözyaşlarınızda yüzme öğrendi. Mesele sevilen kadının tuzlu kahvesinin içilmek istenmesi de değildi. Önemli olan baba ocağından vazgeçip, sevdiği adamın ocağına gelen kadına baba ocağını aratmamaktı. Babasının soyadından vazgeçecek kadar çok seven bir kadının helali olmayı başarabilmekti. Önemli olan neydi biliyor musunuz?*

Çok sevdiği adam uğruna yılmayan, vazgeçmeyen ve bir an olsun aşkta yenilgiye düşmeyecek olan kadının, soyadını alacağı adam için her türlü zorluklara karşı göğüs germesiydi. Peki her aşk helal miydi? Helalse, bu gidenler kimdi? Helal olanlar son nefesimizi yanında vereceklerimiz, gidenler ise can bildiklerimizdi…

Söz vermek çok kolaydı. Herkes verdiği sözler kadar biraz doğru olsaydı, bizim kalbimiz hiçbir zaman yanlışı seçmezdi…

Dünya bugün yar, yarın yara

En güzel duyguları bir damla gözyaşımızı hak etmeyenler için ziyan ettik aşkta. Tamamlanmak umuduyla güvenip daha sonra yarım kalan insanların aldığı her nefes gebe bu hayata. Şimdi atılan hangi adım çıkar mutluluk sokağına? Çıkmaz ki... İnsanlar kimsenin uzanamayacağı yüksek yerlere koyuyor kalbini bugünlerde. Önüne gelen kırmasın diye... Bu bir nevi korkudur aslında. Kırılmaktan o kadar aç kaldık ki sevilmelere, sevmek için kime adım attıysak seyirci kaldı kalbimiz gidişlere. Ölümün olduğu bu hayatta sevgiden daha çok önem verildi nefrete ve kine. İyi gelecek olan değil de, yıpratacak, kıracak olan ne varsa sunuldu daima kalbimize.

Şimdi alınan nefes gibi, kalbimiz de gebe sevmeye. İçimizde eksik kalan yanları güvendiğimiz veya güvenmek istediğimiz insanlarla tamamlamak istedik. Ama güvendiğimiz herkesin hiç kimseden farkı yokmuş. Bilemedik…

Bu da bizim ayıbımızdı...

Biz tükendik, kimse bize sarılmadı...

Biz seninle aynı kitabı okuyan, fakat farklı cümlelerin altını çizen iki yabancıyız. Bundan ötesi de olmaz. Ben bu kitabın hangi sayfasını okursam okuyayım, hiçbir cümle senin sokağına çıkmaz...

Değmedin

Herkese sırtımı dönen ben, tüm kapılarımı bir sana açtım. Kimse görmesin diye seni sadece içimde sakladım. Ve orada sevdim. Yürümekte güçlük çektiğim yollarda sadece ikimiz için dimdik ayakta kaldım. Attığım her adımda kanadım, ama olsun. Yürümeye ve sevmeye değer dedim. Bir şey söyleyeyim mi? Zerre kadar değmedin…

Aşk dedikleri bu meretten uzaklaşmama rağmen, tövbe yeminlerimi seni sevmek için bozdum. Şimdi girdiğim günaha mı yanayım, böylesine bir sevgiyi hak etmeyen sana sunan bana mı? Yoksa canımın acısına mı?

Hayatımın merkezi yaptığım insanın hayatında en ufak bir yere bile sahip olamadığımın gerçeğine mi? Gerçeğim gözüyle baktığım insan en büyük yalanımmış. Kendim söylemiş, kendim inanmışım.

Ben kendi kendimi kandırmışım.

Asla affetmeyeceğim değil de, affedemeyeceğim şeylerin yükü var kalbimde.

Senden başkası nasıl sevilir diye kendi kendimi yerken ben, aşk dediğim şehirden çoktan gitmişsin sen...

Bazı cümlelerin sonundaki noktadan sonra cümleye başlayamazsın. Bir daha cümle kuramam kaygısıyla hiç noktalamadım ben seni. Sen hep benim virgülümdün. Bütün cümlelerimin arasına seni serptim, yine noktalamadım. Gel gör ki bunları yaptığım insanın ağzından çıkan tek kelimesi olamamışım. O noktalardan sonra başlanamayan cümleyim artık.

Bu noktadan sonra devamı yok. İşte tam bu noktadayım. Ben sana cümle kurarken bile boşluk bırakmadan kurdum. Belki zaman kaybı olur da seni daha çok sevemezsem diye.

Değmemiş elin elime.

Kokun tenime.

Sevgin kalbime…

İyileştirdiğimiz her yara bizi kanattı.

Senin ihtimallerin varken benim her gece gözlerimi yummadan önce ikimiz için avuçlarımı açıp Rabb'ime yakarışlarım vardı. İçtiğin kahve fincanlarındaki baktığın fallarda göremeyeceksin beni. Lakin ben her gece dualarımda yaşatacağım bizi. Her kimin yanında olursan ol, silmeyeceğim içimdeki sana ait hisleri. Nefret mi? Sevgi mi? Asla bilmeyeceksin ne hissettiğimi. Asla birleştiremeyeceksin benden uzaklaştığın her adımda parçaladığın şu kalbimi. Çünkü o her şeyi kabullendi. Belki sarılmak bize göre icat edilmemişti. Senin payın benden gitmek, benimki ise senden miras kalan yalnızlıkla seni sevmekti. Bana hangi acıyı tattırırsan tattır, benim önceliklerim hep sendin. Haklı olduğum konularda bile adımlarımın hepsi senin sokağından geçti. Belki bu adam senden bunların karşılığını göremedi. Ama yine de seni çok sevdi. Affedilmesi zor ne varsa, olur olmaz şeyleri bahane etti, ne yapıp edip seni yine de affetti. Her ne olursa olsun: ''Sana Değerdi..." Ve adam artık dayanamayacağını hissetti. Ama yine de dayanmak zorunda olduğunu bildi. Nefret etmesi gerekirken, uyumadan önce kadını dualarında saklayarak yaşamaya devam etti...

Ve bize de yazıklar olsun. Sezen Aksu bu kadar içten "geri dön" dediği halde bile sarılamadık. Çünkü birbirimize yaraydık. Sarılsak kanayacaktık...

Benim geminin kaptanı yoktu.

Ne gemi geldi, ne de bekleyen liman vazgeçti.

Ben ardında bıraktığın acıların içinde cebelleşirken bile sana dua ettim. Duacın oldu bu kalp senin. Kızmadım sana. Geç kaldık aşka. Ama olsun yine de nefret etmedim. Beddua hiç etmedim. Hatayı kendimde aradım. Ve birçok sebep buldum. Onları buraya yazmaya kalksam ne kalemde mürekkep kalır, ne de kâğıtta yer. Hep bir tükenmişlik sendromu anlayacağın.

Seni önemsediğimi ve sevdiğimi bilmelisin. Bu kalp onu acılarla boğuşmaya mahrum bırakmana rağmen bile seninle. Bilesin...

Belki kalbimde izin, kulağımda sesin, üzerimde kokun kalacak; ama aklın bende kalmasın. Yüreği bende olmayanın aklı bende kalmasın. Ki doğru aşkla yanlış insanı sevenler gerçek aşka daima geç kalacak…

Belli bir zaman sonra bu yara beni acıtmayacak. Kiminle uyursan uyu, kalbim daima başucunda olacak.

Allah kuluna kaldıramayacağı yükü vermezmiş. Seviyorum diyen her dil sevemez, gitmem diyen kim varsa gidermiş.

Ben de gittiği yere kadar acınla gezeceğim işte. Sonra adım attığım her sokak bana seni hatırlatacak. Sensiz yürümeyi başarabildiği zaman, bu adam seni gerçekten içinden söküp atacak.

Şunu unutma, beni sevmediğin için aramıza duvar örüp, sana kin gütmeyeceğim.

Aynı şehirde yaşadığımız gerçeğini unutup, seni kilometrelerce uzağa yolcu edeceğim.

Soğuktur gideceğin yer, üzerine sevgimi ört. Isıtır seni kalbim...

Olabilirdik. Ama olmayı istemedik.

İstesek de olamazdık. İmkânsızdık.

Alfabesinin bile senin adındaki harf sayısıyla sınırlı kaldığı bir kalbe, adım atmışsın başkasına dair taşıdığın izlerle. Yaşanılası en güzel anılara güle güle...

Bana iki kişi gelmeni sindiremiyorum içimdeki boşluğun yalnızca bir kişilik olduğunu bildiğin halde. Yaşanılası bir aşktan yoksun ve uzaksak, senin sayende. İçimdeki tüm umutları astım adındaki her harfe. Ve şunu da bilmelisin ki, nefesim olacak olsan bile hiçbir adımınla yaklaşamayacaksın bu kalbe. Taş basacağım içimdeki hislere, yine de bana adım atmana izin vermeyeceğim. Merak etme.

Sen başka kalplerde fırtınalar estirirken, ben tek dal kıpırdatamadım arkandan.

Kaybetmekten korkarak attığım her adımda, bizi kavuşturacak yolları çıkmaz sokağa çevirmişsin.

Şöyle de acı bir gerçek var. Çıkmaz sokak olduğunu bildiğim halde, yine de sana atmışım adımlarımı üşüyen bu kalbimle.

Aç o kalbini, beni iyi dinle...

"Şimdi ben sana nerenden sarılırsam sarılayım, kaktüs olur batarsın bana. Sonbahar olur, kapatırsın baharı müjdeleyen tohumları yüzüme. Elmanın iki yarısı gibi, aşkın iki yarısıydık seninle. Kendini unutup seni acı yanlarınla sevebilecek eksik bir adam varken, başkaları tarafından hissedilmeyi bekleme. Bir köşede yokluğuna bile şükreden kalbimin varsa yası, ne kadar çok seversen sev ödeyemezsin sen bu ahı. Boynuna, bu olmayışımızın günahı…"

Ağır taştır bir insanı acılarıyla sevmek. Her yürek kaldıramaz. Kimse sana benim gibi bir ömür eksik kalan çocuksu yanıyla sarılamaz…

İçiniz dağınıksa kapıyı kimseye açmayın.

Duygularınızı toplayın, aşka öyle adım atın.

Aslında aşk var... Duyguları yok eden biziz...

Var olan bir şeyi yok etmek için mi tüm sevgimiz? Bunca özlem, bunca ilgi, acılar ve ufak mutluluklar... Sonrası hep bir hoşça kal... Bunca şey tek bir veda kelimesine sığdırılıp noktalanmak için mi var? Hayaller var hayaller... Yaşanmak istenilenler var. Elde edilmek istenen şeyler var. Beklentilerin üzdüğünü biliyoruz. Bunu bildiğimiz halde tutunduğumuz yerden kırılıyoruz. Peki bunca zaman var olan aşk, yok edilmek için ne yaptı bu insanlara? Allah'ın bize verdiği kalbi kin tutarak saklıyoruz içimizde. Bunda aşkın suçu ne?

Aşkı biz kirletiyoruz gerçekçi olmayan hislerimizle.

Sonra onu suçluyor, ondan uzaklaşıyoruz. Kendi menfaatlerimiz doğrultusunda adım atıyoruz duygulara. Fedakârlık yapmıyor, sevmelere ve sevilmelere yaklaşmıyoruz. "Ben kimseye güvenmiyorum" deyip, kapıyoruz tüm kapılarımızı aşka. Size bir şey itiraf edeyim mi? Aşk en yaşanılası haliyle bizleri kapattığımız kapıların ardında bekliyor. Bizse kapıları açmak yerine, daha da uzaklaşıyoruz ondan. Aşka bakış açımı sorarsanız, evet... Yaşanılası kalple bir ömür insanın hayatında olması gerekenlerden biri...

Gelincik çiçeğim diyeceğim kadına sesleniyorum; Aşk var... Burada aşkın var olduğunu savunan birileri de var... Kalbini benimle tamamla... Yaşanılacak güzel yarınlar var...

Aşkın var olduğuna inanan, ancak bir türlü aşkı yaşayamayan yaralı kalplerin, sevginin en güzeliyle karşılaşması dileğiyle...

Aşk değil, insanlar pişmanlık. Sevdiği kadının tuzlu kahvesini içmektir adamlık...

Açılın ben yalnızım

Nerede sevilmeye muhtaç bir kalp gördüysem, gidip ilk müdahaleyi yalnızlığım yaptı. Bu farklıdır diye yaklaştığım her kim varsa, özüne indiğimde herkesten daha sıradandı.

Yalnızlığıma kimin varlığını örtersem örteyim, buz tuttu duygularım. Benden birer birer eksilenleri sevmekti en büyük günahım. Sevabım dediklerim tarafından oluşuyor tüm kırgınlıklarım. Çalınıyor yalnızlık ve pişmanlık duygusu tarafından kapım… Ne zaman sevsem, hep acıdım.

Yaşadığım her acıda hep bir başıma ağladım. Hem de kimse duymasın diye sessizce...

Duysalardı bir şey değişmeyecekti. Geçer dediklerim oldu. Geçmedi...

Aksine geçer dediğim ne varsa, acıyı biraz daha hissettirdi.

Bazı şeyler geçmeyince geçmiyormuş. Ben yanındayım diyen kim varsa, daha sonra ortadan kayboluyormuş…

Diyeceğim o ki, ederinden fazla değer vermeyin. Duygularınızı frenleyin. Yalnızca sevmeniz gereken insanı kalpten sevin. Geçmişime şöyle dönüp bir bakıyorum da, gerçekten yaşanmaması gereken şeylerin başında en büyük rolü, ederinden fazla değer biçtiklerim oynuyor.

İnsanlar oynuyor... Oynamayı seviyor...

Hem duygularla, hem de seni üzecek olan şeylerin baş rolünde...

Eminim ki siz de ardınıza dönüp baksanız, temelini sağlam attığınız hayallerin enkazında bir parçanız...

Anlaşılmayan veya anlaşılmak istenmeyen hisler

Hissettiklerimin yarısını hissetseydin belki beni anlardın. Henüz sevmeyi bile bilmeyen bir insana sevmenin ne demek olduğunu öğrettiğin, buna rağmen o insanın kollarını başka vücutlara açtığını gördüğün zaman, bazı acı gerçeklerle yaşamaya alıştığını fark edeceksin. Beni ne zaman anlarsın bilmiyorum. Sana ellerimi uzatmışken, senin de bir başkasına kollarını açtığın gerçeğiyle yüzleştim ben. Hem de günlerce. Hayatımda yüzleşeceğim tek şeyin, acı da olsa senin yüzün olmasını diledim hep. İmkânsız değildik. Ama mümkün de kılmadı bu hayat bizi. Nereye gidersem gideyim, taşıdım bıraktığın izleri. Sensiz yapamadığım için değil, dümende sen olmasan bile bir şekilde yine gidiyordu bu gemi. Yeniden sevecek kadar güçlü hissetmiyordum kendimi eskisi gibi.

Sevebilir miydim? Belki...

Ancak bazı duygular yalnızca bir kalbe adanarak hissedilmeliydi. Farklı kalplere değil. İşte senin de anlamadığın tek nokta buydu.

Ama anlamamaktan ziyade, sen bana hep uzaktın. Seven insan halinden hiç mi hiç anlamadın. Kendini çözemeyip, sana bağlanmaya çalışan beni tutunduğu her yerden kestin. Kestiğin yerden sana kanadım.

Annesinden yediği dayak sonrası yine anne diye ağlayan çocuk gibi çaresiz sevdim. Sen o çocuğu kaybettin.

Şimdi karşına çıkacak olan en büyük acı bile müstahak sana. Ama yine de bunu istemem. Çünkü seven bir kalp, beddua etmek yerine dua etmeyi tercih eder.

Olursan helalim, olmazsan en büyük vebalim olarak kalırsın aşkta en fazla...

Açken sana bu kalp, doyurmazdı beni hiçbir aşk.

"Onlar sana sevdiğini söyler, ben söylemekten ziyade sevdiğimi hissettiririm. Onlar denizi gösterir, bense sana aşkın en güzel tonuyla maviyi yaşatırım. Onlar acılarına ortak olmaz, benimse parmağına iğne batsa canım yanar. Onlar varlığına ihtiyaç duyduğunda yanında olmaz. Ben dibinde biterim. Onlar seni sıradanlaştırır, ben her gün seni farklı duygularla severim. Onlar sana dokunur, ben seni içimde hissederim. Onlar en ufak bir şeyde sana sırtını döner, ben ilk kanadığım yerden yine sana iyileşirim. Onlar senin kıyından bile geçmez. Ben yüzme bilmediğim halde kendimi senin derinliğine bırakırım. Onlar olur siyahın, ben aşkta en büyük sevabın.

Onlar bedduan olur, ben duan...

Onlar gidenin olur, ben yalnızca kalan...

Onlar seni sevdiğini söyler, ben senin tuzlu kahveni içerim...

Tükendi aşk, yine de sevmeye devam etti kalp.

Otelde garsonluk yaptığım dönemlerde çok yoruluyordum. İşten eve geldiğimde onu ne zaman balkonda görsem, anne karnında gözlerini hayata açmayı bekleyen çocuğun saflığı ve heyecanı ile derin duygulara dalıyordum. Öylesine güzeldi ki, bu hiçbir cümle ile tarif edilemezdi. Hiçbir şiirin kafiyesi anlatmaya yetmezdi onun gözlerini. Kısa süreli bir birlikteliğimiz olsa da, içimdeki hislerin ömrü, ilişkimizin gün sayısıyla kıyaslanamazdı. Buna asla izin vermezdim. Çünkü ben asla duygularımın hiçe sayılmasını, içimdeki hislerin basit şeylerle kıyaslanmasına razı olacak bir adam olamadım. Ayrılırken ikimiz de gerçekten vazgeçer gibi ayrıldık. Çünkü hayat iki kalbi bir çatı altında mümkün kılmayacaktı. O kesinlikle benden vazgeçmişti. Benim de vazgeçtiğimi zannetti hep. Bunu ona hissettirdim. Çünkü aklı bende kalsın istemedim. Bu yüzden ailesi ve o benim ondan gerçekten vazgeçtiğimi biliyordu. Ama benim içimde işler farklı yürüyordu. Varlıklı bir ailenin kızıydı. Zaten varlıklı ailelerin kızlarını seven adamlar, hem sevdiği kadının yokluğunu hem de hayatın vermiş olduğu yokluğu iyi bilirler. Otelde aylık sekiz yüz liraya çalışıyordum. Yanımda da sadece annem vardı. Ailesi bizi istememişti. Kızlarının rahatlığı için, kafalarında kendileri gibi varlıklı bir aile profili çizmişlerdi.

Günler günleri kovaladı. Bu acı da beni hırpaladı. Onu istemeye geleceklerini öğrendim. İstemeye gelecek olan aile de varlıklı bir aileydi sanırım. Ben bir balkon sevdası tutturmuş giderken, günlerdir içime hapsettiğim, içimde yaşadığım kadın evleniyordu. Çalıştığım otel beş yıldızlı ve disiplinli bir oteldi. İçimdeki acımın işime de yansıdığının farkındaydım. Defalarca uyarı aldım.

Yüzüme ve işime yansıyan bu acı yüzünden beni işten çıkardılar. Ve işsiz kaldım. Aylar geçti. Evimin balkonu bana mezar oldu. Evlendiklerinden sonra bir daha balkona çıkmayı bırakın, evin perdelerini açmaya cesaretim olmadı.

Belki kafam dağılır, içimdeki acı hafifler diye bir süre teyzemlere yerleşme kararı aldım. Orada bir iş bulur çalışırım diye düşündüm. Ama o da olmadı. İçimdeki o acı ben nereye gidersem gideyim beni bırakmadı. O beni bıraktı ama acısı asla bırakmadı... Belli bir süre geçtikten sonra bu duruma alıştım. Ama bu acının sızısı içimde daima fırından yeni çıkan ekmeğin sıcaklığı ve tazeliği gibi sıcak ve taze kaldı. Bir zamanlar balkondan baktığım o ev, artık onların evi olmuştu.

Çok uzun bir süreden sonra kendi evime geri döndüm. Ve balkona her çıktığımda onları izledim. Mutluydular. Bir kızları olmuştu. O kız çocuğunun ağzından çıkan her ''babaaa!'' haykırışında yüreğime paslı çiviler saplandı. Ama ona kızmadım. Çünkü kendimi ve sevgimi ondan sakladım.

Ve anladım ki, gerçekten sevebilenlerin nefes alabileceği bir gezegen değilmiş burası.

Şimdi sevdiğiniz bir kalp varsa, başkasıyla tamamlanmadan

gidin ve sevdiğinizi söyleyin. Sevginizi sorgulayacaklar belki, ama ona öyle sebepler sunun ki, böylesine büyük ve anlamlı bir sevgiden haberdar olmadığı için kendinden utansın. Geç kalmayın. Ben geç kaldım. Acıya bulandı duygularım. Evimin olduğu sokağa girdiğim her gün, öldüm öldüm dirildim.

Bu hayat seven kalple sevilen kalbi aynı çatı altında mümkün kılmıyor bazen. Sevdiğiniz insanı başkasına uğurlamak zorunda kalıyorsunuz. Bakıyorsunuz, başkasıyla evleniyor... Çocukları oluyor... Siz de sadece acınızla yaşamak zorunda kaldığınızı düşünüp, o acıyla ömür geçirmeye çalışıyorsunuz...

Geç kalınmışlık hissi çok kötü... Bu his devreye girmeden, sevdiğiniz insanın kalbine girin... Gerçek sevgiyi bir ömür hissedin...

"Git" dedikten sonra "gitme" diyen Sezen Aksu çaresizliği var üzerimde. "Git" desem de gitme.

Bir ömür yerin var kalbimde.

Ne Sezen Aksu gibi haykıracak kimse aşkı, ne de herhangi birine sunacağım artık uğruna heba ettiğim bu güzelim duyguları. Ben yeniden sevmeye senin adını duyduğumda midemde uçuşan kelebekleri hissedince yeltendim. Ve inan bana sana tutunduğum her noktada birer birer incindim. İncinmem mesele değildi. En acı olan şey senin tamir etmemendi. Ya da bu aklına gelmedi. İncindiğimden haberi bile yoktu belki. Avutuyorum işte kendimi.

Hiç unutmam bir ara beni özlediğini söylemişti. Nasıl açıklayayım, içim içime sığmamıştı. Lakin sonrasında aklımın ucundan bile geçmedi bu kadar üzeceği ve bizi bitireceği. Kapanması güç yaralarımın geçmemesi için dua ediyorum şimdi. Unutmamak ve her gün sevgimi tazeleyip en güzel aşkla sana demlenmek için.

Görüyorum ki, bayatlıyorum sana. Henüz tazeyken yaşanmışlıkların, ben hariç herkese açılıyor kapıların. En güzel anılar ve şarkılar seninle mümkündü. Ama ağırlık mümkün olmayan gerçeklerden doğan şeylerdi. Mesela bir acı. O bile senden gelecekse, oturur sabaha kadar beklerdim. Çünkü senden gelen bir şeydi. Sonuçta kaz gelecek yerden tavuk esirgenmezdi. Sen bana hangi acıyı sunarsan sun, içimde sana aç olan bu yüreğim onu oturur afiyetle yerdi.

Ve şunu da bil ki, bu adam seninle ilgili geçmiş zamanlı cümleler kurmaktan hep nefret etti. En çokta neyden nefret etti biliyor musun? Senden nefret edemeyişinden…

Sevmiyorum diyemediğimsin...

Aç gözlüdür benim kalbim doyuramazsın. Sen bu sevgi cümbüşüne ömür boyu katlanamazsın…

Ve adam gözyaşı olup akıp gitti kadının gözünden.

Çok sevdi kadın. Bir kadın bir adamı ne kadar çok sevebilirse, o kadar çok sevdi.

Sadece tek bir adama gönül koyup sevebilen kadın, kendisi hariç her kadını sevebilen bir adamı sevdi.

Kadınların hemen hemen hiçbirinin anlattığı kadar değildir içindeki sızısı. Kimisi yalnızca; "sadece güvendim" demekle yetinir. Aslına bakarsanız bu cümlenin altında bir enkaz gizlidir. Anlayamazsınız. Her kadının yaşamayı hak ettiği anlar vardır. Ve yaşadığı olumsuzluklar yüzünden yaşayamadıkları...

Sevmesini bilen kadın beyazlar içinde alnının ve gelinliğinin akıyla çıkmayı ister baba evinden. Ve böyle kadınlar farklılık hissini yaşayabilmeyi ve hissetmeyi hak eder. Bunu hak eden ve yaşamayan adamlar da vardır. Ama bu konuda hiç şüphesiz çok şanssızlardır. Çünkü kadınlar genellikle sevmemesi gereken adamları başının tacı yapmış, kendisini hak eden adamları hep harcamışlardır. Kim vurduya gitmek kötü. Aşkta kim vurduya gittiğinde sana gelenin önemi kalmıyor...

Defalarca enkaz altında kalan ve orada can veren duygularım var benim.

Her birinin can verişine şahit olduğum, kendimden uğurladığım duygularım...

İnsan aynı duygularla her zaman demlenmiyor bu hayatta. Hislerin doğru zamanda değeri bilinmesi gereken yerde, hep bir enkazın altında kalıyor duygular. Zaten çağımızın modası şimdiki aşklar. Önce hayal kuruluyor, sonra yıkılıyor...

Sonra?

Sonrası hep bir acı, hep bir pişmanlık ve kırgınlık işte...

Ve en güzel duygularımı sana demlemiştim, olur da bir ömür seversin diye.

Ben enkaz altında kalsam da, bir ömür sevil gittiğin yerde...

Helvası yenilen benliğim

Gittiğinden bir gün sonra duygularımın helvasını yemeye geldi yakınlarım. Üzüntümü onlara belli etmemeye çalıştım. Ama ne kadar başarılı olduğum hakkında hiçbir fikrim yok.

Bildiğim tek şey, helvanın çok lezzetli olduğuydu. Bunu da duygularımın gerçekçi oluşuna borçluyuz sanırım. Her "başın sağ olsun" diyene, gidenler sağ olsun cevabını veriyorum. Diyorum ki, iyi ki gittiler. Gitmeselerdi farkındalığına varamayacaktım, farksız kişilikteki insanlara farklı gözle bakıyor oluşumun.

Uyandım artık. Ama güneş bizim için doğmadı. Belki güneş bir gün bizim için doğar diye avutmayacağım kendimi. Ben artık kendimi hiçbir şekilde avutmayacağım. Gidenin arkasından üzerime düşen acıyı alıp, köşeme çekilip içimdeki acılar geçene kadar cezamı çekeceğim.

Bazen kabullenmek gerekiyor. Hatta çoğu zaman kabullenmek gerekiyor. Bir insanı olduğu gibi mesela, değiştirmeden. Sahiplenerek, sorgulamadan... Acılarıyla...

Sevilmediğini bildiği halde, hâlâ çaresizce seviyorum yakarışlarına yenik düşen bir sürü insan var. Bu da bir kabullenme biçimidir oysa. Sevdiğinin farkındasın. Ama sevilmediğini bile bile bunun farkında olduğunu bilmek, aşkın en kötü sahnesiydi.

Bunun bilincinde olan herkes izlemek zorundaydı bu filmi.

Allah ölen duygularımın mekânını yeniden ben eyleyip, gittiğin yerde benden daha çok sevileceğini umarak giden sana da akıl fikir versin.

Aşkın ne olduğunu bilmeyenlere ithafen...

Acı çekmekti aşk. Sonunu bildiğin halde her sahnesine binlerce anlam yükleyerek defalarca izlemekti o filmi. Biteceğini bile bile sevmek, senden gideceğini bildiğin halde onda kalmaktı. Kaybettiğinde yaşanmışlıklardan tecrübe edinmekti. ''Onunla başkaydı'' diyebilmekti. Arkasından onu küçük düşürmekte de değildi. Beddua etmek hiç değildi. Sevgine ve anılara saygı duyarak, onu kalbinin en icra köşelerine gömmekti. Sonra başkasıyla yapamamaktı.

Aşk başkasına gülerken bile onu izlemekti. Aşkın ölüm olduğunu farz edip, onu sevdikçe nefes alabilmekti. Sevgin pişmanlıklardan ibaret olsa da, güzel yanından bakabilmekti.

Bir de ondan yaralanacağını bildiğin halde ona yaralarını anlatacak kadar sevmekti…

İnsanın seviyorum dediğini yaralarına merhem diye sürmesiydi.

Aşk acı çekmekti. Yeri gelince iç çekmekti. Yeri gelince sevdiğiniz insanı canınızın çekmesiydi. Çoğu zamansa kokusunu ciğerlerine kadar çekmekti.

En güzel aşksa, hayatın bir aşkı iki kalbe bölüştürmesiydi.

Ve ben bunların hepsini yaptım. Güzel sevdim. Sonuçta canımı acıtamamış bir kadını sevmiş sayılmazdım. Acılarda batacağımı bildiğim halde, sevdiğim kadına yönelttim içimdeki geminin dümenini. Zaten mesele gemiyi batırmak değildi. Koca denizin ortasındaki fırtınalardan arınıp, limana yanaşmaktı…

Sığındığım limanda başka bir gemi gördüm. Ve batırıldım. Battım demiyorum bakın, batırıldım.

Hangi fırtınadan çıkarsam çıkayım, bir onun limana yanaştım. Ve sadece onun kalbine demir attım. Ama oysa her limana demir atan gemileri almış kıyılarına. Bir şey diyemiyorum "canı sağ olsun" demekten başka. Onun limanı var olsun, batacaksam da ben batarım. Ne de olsa alışkınım tam maviye alışmışken denizin karanlık dibini boylamaya…

Herkes aşkı yaşamak istiyor. Ama yaşamak için hiçbir şey yapmıyor. Ne istemek yetiyor, ne de seviyorum demek…

Hissettiremiyorsan hiçsin…

Bulunduğu yerden herkes aşka vaatler veriyor. Ama kalpleri sevmeye o kadar uzak ki. Bunda kiminin geçmişi büyük rol oynuyor, kiminin yeniden sevebilecek güce sahip olmadığı…

Güçsüzlüğün duygularınızın önüne geçmesine izin vermeyin. Yeter ki hissizlik vermesin Rabb'im…

Yazarın Notu

"Bu yazının burada ne işi var? Kitabın sonunda olması gerekmiyor muydu?" diye soranlarınız olacaktır. Hak veriyorum. Ama hayatta söylenecek bazı şeylerin sona saklanması değil de, beklenmedik bir anda söylenmesi taraftarıyım.

Bu yüzden bu yazıda kapınızı çalıyor benden çekip giden duygularım. Onlara sonra hiç mi hiç rastlamadım...

O kadına ne oldu?

O öldü. Evet, yanlış okumadınız. Öldü. En azından benim için. Yaşıyor ama benim için ölüden farkı yok. Ne varlığını hissediyor, ne de varlığıyla ilgileniyorum. O da tıpkı babam gibi. İkisi de var ama yoklar...

Aşkın insanın hayatına yalnızca bir defa uğradığını söyleyenler var. Yani her ağızdan farklı söylemler çıkıyor. Ben her zaman aşkın ve sevginin arasında farklar olduğuna inanıyorum. O yüzden eğer aşk gerçekten insanın hayatına yalnızca bir defa uğruyorsa, ben o şansımı bu kadında harcamadığımı umut ediyorum.

O kadının ölme sebebi, intihardı. Bendeki kendini öldürdü.

Ne kazandı bilmiyorum ama bizi kaybetti. Onun için yapmış olduğum fedakarlıklar aklıma geliyor. Hak etmediği halde ne çok şey vermişim ona diyorum. Sadece onun için de geçerli değil. Arkama dönüp baktığımda çoğu insan için kendimden vazgeçmelerimi net bir şekilde görebiliyorum. Değip değmediklerini ise gitme sebeplerinden anlayabiliyorum.

Kendime kızmıyorum. Geriye kalan yaşantımı vicdanım rahat şekilde sürdüreceğim gerçeğini düşünüyorum.

İçim yana yana döktüğüm gözyaşlarımda boğulduğum gecelerin, param olmadığı için her şeyimi satıp, sırf ona sarılmak ve kokusunu ciğerlerime depolamak için kilometrelerce gittiğim yolun sonundaki indiğim otogarda, aldatıldığımı öğrendiğim ve olduğum yerde öylece kaldığım o günün akşamı, gözyaşı dökerek geldiğim gibi geri döndüğüm gecenin hesabını o verecek. Mevzular derin olsa da Allah büyük. Ahın bulamayacağı adresin olmadığını hepimiz biliyoruz. Geri döndükten sonra onların fotoğraflarını gördüğümde, gözyaşlarımın şiddetli bir sağanak gibi elmacıklarıma yarla karışık nasıl yağdığını, o başkasının denizinde yüzme öğrenirken, ben ağlamaktan hıçkırıklara boğulduğum anları size izah edemem. "Erkek adam bunlar için ağlar mı?" diye soranlar olur. Erkekler değil, adamlar sevdiği kadın için ağlar zaten. Erkekliğin, iki bacak arasındaki fazlalıkla veya gözden akmayacak iki damla yaşla kıyaslandığı bu hayatta, adamlar bırakın da sevdiği kadın için ağlasın.

Bir erkeğin sevdiğinin ispatıdır gözyaşları.

Gözyaşı tek renktir. Ve asla yalan söylemez. Bende en doğru ve en gerçekçi duygularımla karşısına çıktığım bu kadını kendi ellerimle başka bir kalbe uğurladım. Bu kadın bana geldiği zaman sevmeyi bırakın, bir kalbi olduğunu bile bilmiyordu. Onu sararak sarılmayı bile ben öğrettim. Oysa benden öğrendiği her ne varsa, başkalarında uyguladı. Giden sadece o değil, içimdeki en temiz duygulardı...

Onunla tamamlandığımı düşündüğümü zannettiğim her gün, kendimden biraz daha eksilmişim meğer. En büyük yenilgiyi, onu kazandığımı zannettiğimde almışım. Hep kendimi yaralamışım.

-Yazdıklarını hiç okudu mu?

Ne o benim yazdıklarımla ilgilendi. Ne de ben yazdıklarımı okuyup okumadığıyla ilgilendim. Okusa da bir şey değişmeyecekti. Bazı şeyler yazsan da, çizsen de, sevsen de, nefret etsen de değişmiyor. Değişmesin.

Benden başkasına yaklaşmak için uzaklaşmış oysa. Şimdi bu kadını ne sevmeye değer, ne de elimi uzatsam eli elime değer. Başkasının tenine değdikten sonra, bana hiçbir şeyi değmesin. Ben bu kitabı kapattım. Onun arkasından kurduğum her cümle bu aşkın son nefesiydi.

Ona ait hislerim son nefesinde Kelime-i Şehadet bile getiremedi. Bizi bitirdi, başkalarına nefes verdi...

Ve bu kitapsa bitti...

Kitabın son cümlesi: "Hissettiklerimi anlatamayacak kadar yorgunum artık. Cümlelerimi ütüleyip dolabıma astım. Zamanı gelince alır giyerim..."

- Sana geri dönmek istedi mi?

Buna yüzü var mıydı? Başkasına ait olduktan sonra bana hangi yüzüyle dönecekti? Dönse de kalbim kabul etmezdi. Zaten gayet de mutluydular.

Ben ona asla beddua etmedim. Aksine dualar ettim. "Allah tamamına erdirsin" dedim. Çünkü o da benim gibi yarım kalsaydı, bunu kaldıramazdı. Benim kadar güçlü değildi. Bu yüzden üzülmesini istemezdim. İşte ben onu bu masumlukla sevdim.

Aynı gökyüzüne bakıp, farklı yüzlere seyre dalmanın bedelini, onu severek ağır ödedim.

- Sence senden neden gitti?

Çünkü onu çok sevdiğimi biliyordu. Ve bunu çok iyi kullandı...

- Seni böylesine yoran bir kadından sonra yeniden seveceğine inanıyor musun?

Hayat mucizelerle dolu. Ne zaman ne olacağını bilemeyiz. Severiz deriz, sevemeyiz.

Sevemeyiz deriz, bir bakmışız sevmişiz... Solan duygularım elbet yeşerecektir zamanı geldiğinde. Aşkta hızlı adım atmamak lazım. Hızlı gidilen yolun sonuna çabuk varılıyor. Ufak ve emin adımlarla gidilen yol daha keyifli bir hâl alıyor...

İnsanlar dış görünüşe o kadar önem veriyorlar ki, hayatı yalnızca dışarıdan gördükleri gibi zannedip yaşıyorlar. Oysa bir sahne gibidir hayat. Seyirci önünde oynanan oyunun bir de perde arkası vardır, bunu bilmiyorlar.

Boş bir salonun sahnesinde oyunumu kendim oynayıp, kendim izledim. Benim oyunumun perde arkası ise kurmuş olduğum bu cümlelerim.

Ve onları bir size söyledim. Yalnızca size hissettirdim. Bu zamana kadar bu yazdıklarımı hep içimde biriktirdim...

O belki beni kaybetti. Ne kazandığı umurumda bile değil. Ama hayat benden onu alıp, cümlelerimde acılarına rastlayan, rastladıkça yalnız olmadığını fark eden, fark ettikçe acısını hafifleten sizleri verdi.

Nice cümlelerde buluşmak dileğiyle.

Ufak adımlarla her zaman en doğru aşka...

Geri döndü. Ama çoktan öldü.

Hiç beklemediğim bir anda telefonum çaldı. Arayan oydu. Numarası rehberimde kayıtlı değildi ama aklımda kalmıştı. Ne acı ki aklımda kalan tek şey numarası olmuştu. Ne kokusu, ne de sesini hatırlamıyordum. Telefonu açtığımda bana Manavgat otogarda olduğunu söylemesin mi? İlk başta inanmadım tabii ki. Sonra aklıma o gün geldi…

Otogara indiğimde onu aradığım zaman telefonumu bile açmadığı ve o acı gerçeği öğrendiğim gün…

Bana yaşattığı onca şeye rağmen telefonunu tereddütsüz açmıştım ben. Aramızdaki fark ise buydu. Ben bana tüm kalbiyle gelen insana sırtımı çevirmiyordum. Kin gütmüyordum. O ise bu saydıklarımdan fazlasını yapabiliyordu. Doğru otogara gittim. Ona sarılmaya değil, pişman olup olmadığını görmek için. Bizim yaramızın tedavisine geç kalınmıştı. Bu yüzden kolay bir şekilde iyileşmemiz beklenemezdi.

Gerçekten de otogardaydı. Ondan intikam almak için tek kurşunu olan kalbim, onu o gün otogarda görünce yine kendine sıktı. Kabuk bağlayan yaralarımın onu gördüğümde sızladığını fark ettim. Demek ki derinlerde bir yerlerde ona ait bir şeyler vardı. Ama kapanması epey bir zaman alan yaralarımı yeniden onunla kanatamazdım. Ölümcül olmasa da, tedavisi zor bir hastalık olarak kalması daha sağlıklıydı benim için.

Bolu'dan eve dönerken anlık bir kararla buraya gelmeyi istediği için gelmiş. Ama bunun bir anlamı kalmadığını ikimiz de biliyorduk. Özellikle de o bunu çok iyi biliyordu.

Ama size şunu söyleyebilirim, gülüşü bile değişmiş. Sesi boğazına biraz daha yatkın, vücudu biraz daha toplanmış, cümleleri değişmişti.

En önemlisi eskisi gibi kokmuyordu. Üzülmüyordum bu duruma. En azından aşkın ona bir şeyler kattığına tanık olunca onun adına biraz mutlu oldum. Erkek arkadaşıyla tartıştıklarını ve benim yanımda olmak istediğini söyledi. Bunu tabii ki de kabul etmedim. Birbirimize bu kadar yakınken, ilk defa kilometrelerce uzaktık. Bu uzaklığın yanında onu sevdiğim zamanlardaki mesafe halt yemişti. Ona benim saksımda yeri olmadığını, benim toprağımın onu beslemeyeceğini, aksine öldüreceğini söyledim. O da gayet net bir şekilde anlamıştı. Gerçekten de öyleydi. Benim saksım onun tomurcuklarına ev sahipliği yapmazdı. Daha doğrusu yapamazdı. Bir kalp aynı tutkuyla kaç defa sevebilirdi bir gülüşü? Kaç defa ritmi bozulurdu onu görünce? Bir insan hayatında kaç defa sesi titreyerek severdi? Onu saksım kabullense, o kirli kalbiyle toprağım kabullenmezdi... Biz aşka geç kalmadık. Birlikte yaşayacağımız yarınlara kalbimizin tüm kapılarını kapattık. Benim kapım ona daima açıktı. Zaman geçtikçe baktım ki kapımın açık kalması kalbimi üşüttü. Ben de o an kapıyı içeriden kitleyerek kapattım. Kimsenin anahtarını uyduramadığı kapıdan içeri girmeyi yalnızca o çok iyi biliyordu. Ne acı ki, artık hiçbir şey anlam taşımıyordu. Onunla konuşurken sesim titremiyor, kalp atışlarım hızlanmıyordu. Beyin ölümü gerçekleşmişti bizim aşkımızın. Ve daha fazla gereği olmadığını düşündüğümüz için fişini çektik duygularımızın... O başka kalplerde verdi son nefesini. Bense bana bıraktığı acıların tam ortasında.

Sonra kendimi ona bağladığım her düğümden keserek ayırdım. Fazla kanadım. Hak etmediğim acılarla baş başa kaldım. Ve o yoktu. Olması gereken zamanlarda yanımda yoktu. Bunu affedemezdim...

"Ama merak etme, yaşattığımı yaşadım. Ve üzülüyorum biliyor musun? Üzülüyorum... Beni böyle ilk gördüğün gibi hatırlayamadığına üzülüyorum..." dedi.

"Seni hatırlamam için ne yaptın?" Aklımda ve kalbimde kalabilmen için çaban beni ortada bırakmaktan başka bir şey değildi. Sen bundan öte gidemedin.

"Haklısın. Sana tek kelime söyleyemem. Ve bunları defalarca bana söylesen de kızamam. Ama o kadar içimde kaldı ki bazı şeyler. Yine de buraya geldiğim için düşündüğümden az tepki verdin."

"İnsan içine gömer bazı acılarını. Bu çaresizlik değil, kabulleniştir. Sana senden farksız davransam, senden farkım kalmazdı. Bu da bana yakışmazdı. Bende neye üzülüyorum biliyor musun?"

"Neye?"

"Yaşattığımı yaşadım dedin ya, daha kötüsünü yaşayacaksın. Bilmeni isterim. Benim hissettiklerim, çektiğim acılar böylesine basit cümlelere sığmayacak kadar büyüktü çünkü.

Karşına kim çıkarsa çıksın, hangi yüze bakarsan bak, oluk

oluk pişmanlık akacak duygularından vicdanına. Kırdığın kalbin kırıldığı yerden parçalara ayrılacaksın. Bana bu yaptıklarından daha ağırını yaşayacaksın. Allah yaşatacak. Ama bunu yine de istemem.

Umarım yaşatmaz... Benim bile bundan korkuyor olmam seni tüm vicdanımla sevdiğimin en büyük kanıtı işte. Ve sen böylesine bir adamı bitirdin. Bana değil, buna üzül. Neyse. Sevmeye devam et onu kalbinle. Fazla uzattık. Uzayalım. Benim olmayan kendine benimmişsin gibi çok iyi bak..." dedim ve ayrıldık. Kendime yapılmasını istemediğim şeyleri her ne kadar başkasına yapmamak için kendimi feda etmelerim olsa da, başkalarının hedefi kalbim oldu. Her gelen yaralarımdan tam on ikiden vurdu... Aman o üzülmesin, aman şu üzülmesin, o kırılmasın, bu daha çok mutlu olsun, ben olmasam da olur. Ben mutlu olmasam da ölmem ya, ne olacak diye diye kendimi bitirdim resmen.

Bugün onunla kalsaydım, o hayatındaki adamı aldatmış olacaktı. Aldatılan çoktan ben olmuş olsam bile buna sebebiyet versem bana yakışmazdı. Kendime yapılmasını istemediğim şeyleri insanlara ne yapar, ne de yapılmasına müsaade ederim.

Ne yazık ki bu hayatta her insan vicdan sahibi olamıyor.

Öğrendim ki tek bahar mevsimi oymuş içimde. Gerisi kar, kış, kıyamet...

Rabb'im gönlüne göre versin sevgilim... Ben seninle sensiz de idare ederim. Korkma, seni böyle de ilk günki gibi severim...

Geçmedi

Geçmediğini siz hariç kimse bilmeyecek. Geçti dediğiniz her an kendinizi kandıracaksınız. İnsanlar belki de geçti yalanına inanacak. Peki ya kendiniz? Ondan sıyrılabilecek misiniz?

Kendinize bile açmadığınız perdeleri nasıl başkalarına açacaksınız? Kendinize bile anlatamadıklarınız varken, kime döküleceksiniz? İstediğiniz kadar çırpının, istediğiniz kadar mücadele verin, çabalayın. Geçmediği gerçeğini kimseye inandıramayacaksınız.

Sezen Aksu'nun "git" dedikten sonra "gitme" yakarışlarını duyunca hiç mi acımayacak canınız? Kabullenin. Geçmedi. Geçmiyor. Bitmedi. Bitmiyor. Tükenmesi için bir şeylerin var olması gerekiyor. Lakin hiç olmayan şeylerin tükenmişliğini insan nereye giderse gitsin atamıyor.

Yaralarını Yıldız Tilbe'nin "severim ama güvenemem ki" şarkısıyla sarıyor. İnsan bir bakıyor ki, bitmez dediği ne varsa bitiyor, gitmez dediği insanlar gidiyor…

Sonra güvense de sevemiyor... Çünkü duygularından o kadar yorgun düşüyor ki, hayatta kimseyi sevip, güvenmeye değmediğini düşünüyor. Bunda hiç şüphesiz en büyük rolü güvendiklerimiz ve sevdiklerimiz oynuyor. Sonra ne mi oluyor?

İçindeki geçmeyen yaraları kimseye anlatamadığın için, tek kelimeni dahi hak etmeyen insanlara sayfalarca güvenmiş olmanın pişmanlığını yazıyorsun. Kimseye anlatamasan da, kalemin kâğıda değdiği her an kalbe iyi geliyor.

İçindeki zehri sadece onu yazmak atıyor.

Birlikte dinlediğimiz şarkıları başkalarıyla da dinleyip mutlu olan insanları hayatımızın merkezi yapmışız. Zehir ki ne zehir... Bize bir zarar vermiyor belki, ama içimizdeki "onu" öldürüyor...

Geçmiyor dediği her şeyin dayanılmaz olduğunu hissedip, dayanmak zorunda olduklarını bile bile bu yükü omuzlarında ve kalbinde taşıyan insanların yaşadıklarını yaşamanız dileği ile.

Küçük Bir Dipnot: *Size yaralarını anlatacak kadar güvenip seven insanların en büyük yarası olmayın. Bunun vebalini ödeyemezsiniz...*

Denizler sadece boğulmak için değildir.
Mavi bile onu sevmeye yeterli bir sebeptir.

Denizi ben de seviyorum. Lakin gidip onda boğulmuyorum. Yalnızca uzaktan izliyorum. Aşk da böyle bir şey aslında. Sürekli gelgitleri olan, bir gün fırtınalı, bir gün dalgalı... Bir gün sakin...

Biliyorum ki, senin de içinde yeniden sevmeye yelteneceğinde hissetmiş olduğun ya da hâlâ hissetmekte olduğun acılarla yeniden karşılaşma korkusu var.

Kimi insanlar duygularını rafa kaldırmıştır. Sevmeyi ve hissetmeyi bilmedikleri için değil. Korkuları yüzünden. Korkular yaşanacakların veya yaşanmak istenilenlerin önüne geçebilir. İçinde mavi aşkıyla gezen o kadar insan var. Ama gidip de denizde boğulmuyor hiç kimse. Çünkü aşktan korkuyor... Sevmekten korkuyor... Sevip sevilmemekten korkuyor...

Siyahlaşmaktan korkuyor...

Ama siyahtan korkan insanların çoğu siyahla bütünleşmiş vaziyette. Bakın buna "çaresizlik" deniyor...

Oysa maviye ait olup, onu yaşamak ne de güzel olurdu. Ama böylesine güzel hisler, yalnızca kurulan cümlelerde gizli kaldı. "Biz de o kadar cümle arasında gizli kaldık seninle. Ama aldırmıyorum. Çünkü alıştım."

Maviye ait olup, onun saflığını, onun güzelliğini yaşamak isteyen insanları bu hâle getirenlerin kalplerine kötülük verme Allah'ım. Sevme duygusu ver. Merhamet duygusu ver. Ver ki biraz olsun sevmeyi öğrensinler. Gerek yok kötü beklentiler temenni etmeye. Neticede hayvana da insanca davranacaksın, davranacaksın ki insan olduğun belli olsun. Kalpsizlere de kalbinle davranacaksın, bir kalbin olduğunu belli edeceksin onlara.

Nice umutlar battı bu maviliklerde, batırın gemiyi, yakın limanı denildi. Ama farkında değillerdi, yanan ne liman, ne de batan gemiydi. Aşkı en çok hak eden kalplerdi…

Bana bir liman yeter. Beklediğim gemi sen isen, batana kadar beklemeye değer.

Elimden geleni, ele giden için yaptım.

Seni üzmem ihtimalini nasıl düşünebilirsin ki? Ben senin kalbini kırsam parçaları elime batar, sana kanarım. Yine en yoğun, en gerçekçi hislerimi sana uğurlarım. Benim yollarımın hepsi senin adındaki harflerden geçer. Bu yüzden senden gidişlerim bile hiç şüphesiz sana çıkar. Benden sana zarar gelmez demeyeceğim sevgilim, seni sevmeyi biraz abartabilirim. Belki seni severken ya kendimi ya da seni kaybederim. Ama ikimizden birini kaybedeceğim kesin. Seni kaybetme korkumdan daha büyük, bir daha böylesine derin duyguların tam ortasında kimse için boğulamayacağım korkusu var. Ben sende boğulurum boğulmasına da, sen beni kurtarır mısın... Orası meçhul...

En azından seninle ilgili birçok konuda farklı bakış açılarına sahip olduğum için, beni sevmen gerektiğini düşünüyorum. Şöyle bir düşündüğümde hiçbir zaman hak ettiğim sevgilerin yarısını bile hissedemediğim geliyor aklıma. Zaten kim yaşıyor ki hak ettiğini bu hayatta? Plan yapmadan yaşamak gerekiyor sanırım hayatı. Hiçbir şeyi düşünmeden. Ama ne kadar başarılı olabileceksin ki? Herkesin değersiz görüp, önemsemediği şeylere anlam yüklemekte üzerime yok. Sanırım bu yüzden bütün kaybedişlerim. Bu yüzden bu konuda başarılı olma ihtimalimiz epey bir düşük.

Mutlu olmak için hayattan beklentin olduğunu fark eden herkes buna engel olmak için elinden gelen her şeyi yapıyor. Sevdiğini hissettiriyorsun, ilk giden o oluyor. Oysa bir mutluluğa ortak olmak yerine, senin mutluluğuna bile göz dikenler oluyor. Hayat bile bazen o kadar bencil oluyor ki, insanlar gibi sana oynadığı bencillik oyununda, ufak mutluluklarla bile yetinmek isteyen sen devede kulak kalıyorsun. Mutlu olmak istediğin kime adım atıp gitmeye kalksan ya fazlalık oluyorsun ya da kendi hayatında eksik...

Sonra gidecek kimsen olmadığında, duyguların sana yanlış seçimler yaptırıyor. Ve bunun bedeli sana pahalıya patlıyor. Hayat yoruyor...

Varlığını kokusuyla hissetmek istediğini, yokluğuyla sınıyor...

Varmak için çıktığın her yol, ulaşılmaz oluyor...

Sen benim kokusuyla varlığını hissetmek istediğim...

Yokluğuyla sınandığım...

Varmak için çıktığım o yolun sonusun...

Ne kadar ulaşılmaz olsan da, benim yolumun güzergâhı daima senin adında...

İstediğin kadar git, istemediğin kadar geliyorum sana...

Elektriği giden bir evde akla gelen bir mumum. Sadece ihtiyaç duyulduğumda kullanılırım. Geceler aydınlansın diye hep ben yakılırım...

Yüzüne baktığımda en sevdiğim şiiri içimden okuyor gibi hissederken ben, bizi yaşanacak her şeyden yoksun bırakarak içimdeki şiirleri de, limanımı da, gemimi de, hislerimi de yaktın sen. Belki içinde sen de yandın. Ama yine de bize acımadın. Yaktın...

Sen bir alfabeyken bana, şimdi hangi cümleyle anlatayım hislerimi ben sana? İki zıt mıknatıs gibi birbirimizden iten yargılarımız varken, hangi duygular çekecek bizi bu aşka? Duygularım da, kalbim de, canım da yandı benim çıkardığın o yangında.

Çıkmadık candan ümit kesilmez diyorlar. Öldürmeyen Allah, deliler gibi özletiyor eski günleri... En çok da bizi...

Bak, en iyisi ne yapalım biliyor musun? Anka kuşu gibi yeniden doğalım bu yangının küllerinden. Bir mesafe belirleyelim ve o mesafe dışında bir adım daha yaklaşmayalım birbirimize. Çünkü birbirimizi severek en büyük zararı veriyoruz zaten bize. Biz uzaktan sevelim. En mutlu anlarımızı görmeden, nasıl hissettiğimizi, ne düşündüğümüzü bilmeden, uykulu ses tonumuzu duymadan...

Sadece ve sadece uzaktan sevelim.

Bize olur tek yön bu. Bizim yolumuz tek yön. Ve sen hep karşıdan geliyorsun. İşin özeti de bu aslında.

Ben ikimize ait tek yönlü sokaklarda daima ikinize rastladım.

Her gün sizi görerek adımladım...

Sen bunu hiçbir zaman anlamayacaksın. Bize olan inancımı yitirdim.

Bana kalpsiz olana bundan sonra hissizim...

Hiçsizim...

Hiçim...

Ve satırlarına şöyle devam etti kadın...

İlk aşkımı yaşayamamış olmamın açlığıyla ve eksiğiyle adım attım sana. Atmış olduğum her adımda, bir kadın bütün olduğu halde en fazla ne kadar kırılırsa, o kadar bölündüm parçalara. Parçamın her birinde ayrı yandım.

Kalbimi baba bile diyemediğim o adamdan daha çok sana yaklaştırdım. Her metre karesinde yangın olan kalbime benzin olmaktan öteye gidemedin. Ben yandıkça sen daha çok yaktın. Yangınıma körükle gitmesini iyi biliyorsunuz bayım. Ama söndürmek için de bir çabanız olmuyor. Şimdi ben sana bu yangınla sarılmaya kalksam, ateş bacayı sarar ama bizden aşk olmaz. Kül olur biteriz.

Lakin şunu da bilmenizde fayda var bayım, sırf sokağımdan geçeceksiniz diye ben o sokağa lamba oldum. O sokakta bir çiçek oldum. Ayağınız değecek diye kaldırımın üzerindeki taşlardan biri oldum.

Ve emin olun ki hiçbir kadın sizin için o saatte yanmaz. Mevsimi gelmeden tomurcuk zaten açmaz...

Kaldırım taşına gelince, sizin kalbinizin taş olduğunu bildiği halde o kaldırımlarda taş hiç olamaz...

Hıçkıra hıçkıra ağlayarak sarıldım yokluğuna. Merhaba baba! Ben kızın.

Yine en dayanıksız dalından tutundum aşkın. Hayatımda en sağlam olarak bildiğim kırılan dalımdın...

Diğerleri ise yalnızca hayal kırıklığım...

Sense alınan en büyük ahım...

Güzel kadınlar çirkin adamları sever.

Güzel kadınlar tanıdım. Kalpleri yıkık döküktü. Belki bu kalpleri değmeyen adamlar yıktı döktü. Belki cümlenin başındaki şu belki kelimesi bile fazla oraya. Bildiğiniz onlar döktü, bildiğiniz onlar yıktı. Kimse bilmez seven erkeğin yüreğindeki o yangını. Kimse bilmez kalbi yıkık bir kadının yeniden kolay sevemeyeceğini. Bu yüzden kadınlar sevmesi gereken adamları bitirir, sevdiğine değmeyecek adamlara adar en güzel hislerini.

Bu erkekler için de geçerli. Babasının soyadından vazgeçip sevdiği adam için her şeyi karşına alabilecek kadını değil, kendisine günahını bile vermeyecek olan kadınlara gönül koyarlar. Şu an ülkede kadın ile erkek arasında muazzam bir güven sorunu var. Aslında bakarsanız sorun öyle gündem yapılacak kadar büyük bir mesele değil. Elbette güven kelimesinin altında çok derin anlamlar yattığını biliyoruz. Birbirimize güven vermek yerine, daima kırıyoruz.

Her şeyin başı hissettirebilmek ve hissetmeyi istemek. İnsanda hissiyat duygusunun bulunması lazım. Ne güveni kırılmış bir kadını aşka teşvik edebilirsiniz, ne de bir kütüğün çiçek açmasını bekleyebilirsiniz. Gerçekten seven bir kadının duygularını içine sakladığını, yalnızca o kadını ölümüne sevebilme cesaretini kendinde görebilen bir adam bilir.

Kadın çiçeğe benzer. Çiçekler çabuk ölür. Çok çabuk yıpranır. Hassastır. Bazen severken bile kırmaktan korkarak sevilmelidir. Bunu idrak etmek her erkeğin düşünebileceği şeyler değildir. Ama bir erkeğe aşk katmak, kadının elindedir. Hani şu başta güveni kırılan ve aşka teşvik edemediğin kadın var ya, sen ona gerçek güveni hissettirdiğinde aşka öyle bir teşvik olur ki, bunun en büyük kanıtıysa, artık erkeklere güvenmiyorum dedikten sonra yeniden sevip, sevdiği adamın soyadını alabilmesidir.

Aşk döngüsü illegal sevgilim, seni sevmek benim mesleğim. Sana sunduğum güvense, benim en güzel geleceğim...

Hayat kısa, uçamayan kuşları gökyüzüne sal aşkla.

Olmaması gereken şeyler olur. Bitmemesi istenen başlangıçlar biter. Gitmemesi gerekenler gider. Gelmesine ihtiyaç duyulan zaten hiç uğramamıştır. Tüm bu yaşananların arasında bazen ihtiyacın olan tek şey, şans eseri radyoda en sevdiğin şarkının çalmasıdır. O da olmaz.

Seviyorum derler bırakın sevmeyi, sevdiklerini söylediklerine karşı içlerinde en ufak bir duygu beslemezler. Gitmeyiz demelerine rağmen, ilk senden vazgeçerler. Doğrular insana yalan diye yutturulur. Olan ne varsa yok edilir. Yok olanlar ise var...

İçindeki yalan yanlış duygularla doğru şekilde adım attıklarını zannedenler yüzünden, kırılmayı hak etmeyen kalpleri doğruluktan ve sevgiden yana olanlar hep acıya mahkûm edilir. Benim gibi, senin gibi...

Sadece bir tutam sevgi isteyen herkes gibi...

Şimdi kafandaki olumsuzlukların hepsini at bir köşeye. Görmemezlikten gel onları. Hak etmediğin acılarla karşı karşıya gelsen bile onları alt etmeyi bil. Baksana herkes ne kadar basit zannediyor aşkı ve sevgiyi. Sen onlardan değilsin. Ve asla olmayacaksın. Sen kendini onlara özetlemek için elinden ve kalbinden gelenin her zaman daha fazlasını yaptın.

Ne yaparsan yap, insanlar senin ne derecede üzgün olduğunu göremiyordu. Belki seni hiç mi hiç anlamayacaklardı. Onlar gibi kırıp dökmek yerine, hep içine attın. Giden bırak gitsin. Sen kalanlara şükretmesini ve idare etmesini biliyordun. Ve onlar gibi ön yargılarına kapılıp gitmedin.

Senin kendini anlatmak için girdiğin çabaları da gördüler. Ve buna rağmen seni anlamamayı, ön yargılarını seçtiler. Daha kendini ne yorasın ki?

Bir dakikanı ayırmana değmeyecek insanlar için nefesini tüketme. Radyoyu aç. Belki en sevdiğin şarkı çalıyordur. Belki de beklediğin film vizyona girmiştir…

Geç kalma. Seni anlamayacak insanların acılarında boğulma…

Küçük Bir Dip not :

Gün gelecek biz de sevileceğiz.

Belki de o gün bugündür. Bi' kahve?

Tazeleyin çayı ve acıyı

Sezen Aksu'nun "Kolay Olmayacak" derken bu denli haklı çıkacağını bilerek sevmedik mi hepimiz? Alışarak belki en büyük hatasını yaptı kalbimiz. Bir çay gibi bu denli demli olamayacaktı hislerimiz. Ama gel gör ki, biz bizden çoktan gitmişleri sevmişiz...

Şimdi demleyin çayı ve acıyı...

Çay harareti alır, sarılmak tüm acıları. İnsan kendinde kolay bulamaz bir daha aşkla demlediği duyguları. Vazgeçmek değil zor olan. Anılar acıtır daima kalanları...

Vazgeçmek zorunda kalmanın vermiş olduğu çaresizlik hissiyle seven insanları özetliyor Sezen Aksu'nun tüm şarkıları...

"Git" dedikten sonra, "gitme" diye yakarışları özetliyor mesela tüm kırgınlıkları... Ve ben de böylesine sevdiğim zamanlarda hep Sezen Aksu'nun şarkılarına sığındım. Seni Sezen Aksu'nun tüm şarkıları bildim, dinledim, hissettim, çaresizdim, sevdim...

Tüm alışkanlıklarınızı, yanında mutlu hissettiğiniz insanın yokluğuna açtığınız zaman gözlerinizi, o zaman anlarsınız hissettiklerimi.

Bazı sabahlar vardır, gecesinde acılarla boğuştuktan sonra uyuyakaldığınız.

Ve ardından böyle sabahlara gözlerinizi açtığınız...

İnsanların böyle sabahlara gözlerini açmasında büyük rol oynayanların, bu sabahları sorgulamaya hakkı yoktur.

Gecesini gündüzünden farksız kalan, uyumadan önce ve sabah uyandığında böyle acılarla yüzleştirecek kadar aciz olmayın insanlara.

Uyumadan önce duası olun bir kalbin. Sabah uyandığında aklına ilk geleni olun bir yüreğin...

Uçurumdum, düştüm.

Olmaz dediğin her şeyi oldurmak için Allah'a her gece dua ederek oldurdum. Varımı yoğumu hiçe saydım. "İmkânsız" dedin, hayatımdaki tüm imkânları ayağının altına serdim.

Bu kadar şeyi ben ne için yaptım? Bunun cevabını bulamıyorum. Pişman hissediyorum, yorgun hissediyorum, tükenmiş hissediyorum. Yine de işin içinden çıkamıyorum. ''Oluruna bırak'' demiş Sıla, oluruna bırakamıyorum. Bir oluru olduğunu zaten düşünmüyorum. Üzerimde duygularımın kullanılmışlık hissinin yükü var. Taşıyamıyorum.

Belki çok önemsiyorum, belki de fazla büyütüyorum. Bu denli canımın yanması da, hayatımda hiç kimse için bu kadar fedakârlık yapmamış olmamdan kaynaklanıyor. Her şeyin bir ilki vardır bilirsin. Bir sarılmanın, öpmenin, sevmenin…

Düşün, sevmenin bile bir ilki var. Ve ben geçmişimi unutup, her gün seni yeniden hatırlayarak sevdim.

Bilirsin işte, ilkler başkadır. Acıdır, sızıdır, imkânsızdır…

Acısı geçse de izi kalıcıdır...

Beni uçurumdan ittiğinde kimin tuttuğuyla ilgileneceğine, uçurumdan ittiğin için biraz pişmanlık duysaydın, şu anda ikimiz de birbirimizi seviyor olmakla meşgul olurduk. Bak, ikimiz de şu an neyin meşguliyetindeyiz. Ve bunun cevabı kendinde var. Sızlasın için.

Sorun zaten benim uçurumdan düşmem değil. Sorun senin beni itmen.

En çok senin tutmana ihtiyacım varken, senin yokluğunu hissettim kalben.

Varlığına ne zaman ihtiyaç duysam yoksun kaldım sevginden.

Şimdi bizi ne uçurumlar kurtarır, ne de sarılmalar. Biz seninle sarılsak, kemiklerimiz birbirimize batar acırız. Uçurum olsak birbirimize düşmeyiz…

Ben acının kaçınılmaz olduğunu seni severek öğrendim. Öğrendiğim tek şey bununla da sınırlı kalmadı. Meğer insanın dilsiz olması, acılarıyla avazı çıktığı kadar çığlık çığlığa yüzleşmesiymiş.

Ama elbette geçecek. Hangi acı öldürmüş insanı? İnsan insanı öldürür içinde. Ama yine de ölmez acıdan. Ne hayallerimizi feda ettik şu aşk dedikleri şey uğruna.

Belki çıkmadı kalbimize yetebilecek bir sevgi yolumuza. Şöyle de bir gerçek var ki, yazık oldu duygularımıza…

Sonra bana "Unuttun mu?" diye soracaklar.

Bense seni hatırladığımı düşünmesinler diye unuttum bile diyemeyeceğim. Bu sana yetecek…

Sen gelme, her şey üst üste gelsin.

Bazen her şey üst üste gelir. Hayatının düzensiz gittiği dönemde, düzenli giden en ufak bir şey yokken, yaşamadığın acı kalmaz. Henüz yaran kabuk bağlamamışken üstüne bir darbe daha alırsın. Yıkılmazsın ama ayakta da duramazsın. Tutunacak bir dal arar, bulamazsın. Her şeyden herkesten kaçmak istersin, kaçamazsın. Yapmak istediğin bir sürü şey vardır, yapamazsın. Acırsın. Yapabildiğinin en iyisi budur. Bundan öteye gidemezsin.

Seni bu duruma sokan insanları hayatına aldığın ve güvendiğin için kendini en ağır şeylerle cezalandırmak istersin. Aslında o insanların şu an hayatında olmaması sana bir ödüldür, bilmezsin...

Hayatımda genellikle hiçbir şey yolunda gitmez. Gittiğinde ise o yolda ben olmam. Nerede olduğumu sorarsanız, değmeyecek insanlara değer veriyor olurum o sıra. Hiç şüphesiz aldığım darbeleri bir kenara bırakın, hayatımda unutamayacağım en acı şey dost kazığı. Mutluluğuma ortak olmasını istediğim arkadaşımın mutluluğumu elimden alması kadar saçma ve acı işte hayat. En yakın arkadaşımla aldatılmışım. Çok sonradan öğrendim. Ve anladım ki, en yakınımdaki insanların bile mutluluklarımda gözü varmış. Yiyenleriniz bilir, dost kazığı kadar acı bir şey yoktur bu hayatta. Acının her ne kadar metabolizmayı hızlandırdığını söyleseler de, dost kazığı acısının sindirimi hiç de kolay olmuyor.

Sonra her şeyi içine atıyorsun. Atmıyorsun aslında. Resmen tıkıştırıyorsun.

"Nasılsın?" diye soruyorlar, iyiyim demekle yetiniyorsun...

Hayat yalnızca seni severken güzel.

Bana güzel sevdiğinden sakın söz etme. Bırak ben hissedeyim senin beni güzel sevdiğini. Seni seviyorum cümlesi o kadar basitleşti ki artık. Herkes tutturmuş bir seni seviyorum, diyor ve gidiyor. Hem de nereye gittiklerini bilmeden…

Sevmenin ne olduğunu bile bilmeyen insanların aşk acısı çekme hallerine şaşırmamalı, aksine alışmalısınız. O yüzden bana beni sevdiğini söyleme.

Benimle kahvaltı hazırla mesela. Bir pazar kahvaltısı masasında buluş.

Sana seni nasıl güzel sevdiğimi gözlerimle anlatırım ben. Sonra çayım biter, tazelersin sen. Tazelediğin çayım gibi, kalbimdeki sevgi de tazelenir sana.

Ve ben seni daha güzel severim. Bana seni seviyorum deme, yeni kek tarifleri öğren mesela. Elinden keki yemeyi, kalbinden gelen sevgiyi hissetmeyi esirgemem. İzleyeceğimiz yeni filmler, dinleyeceğimiz şarkılar keşfet. Aldığın her nefeste bize şükret. Ama yine de beni sevdiğini söyleme.

Yüreğinden söküp atama. Yokluğuma bile ihanet edeme. Vicdanının rahatlığıyla sev beni. Benim gönlüm rahat olur zaten. İnsanların birbirlerinin hiçbir şeyi olamadığı devirde, ben her şeyin olayım mesela. Sesimi duyman bile yaralarının kapandığını hissetmeye yetsin. Kalbe ne kadar kırgınlık sığdırılabilirse, o kadar sığdırabilirim kırgınlıklarımı merak etme.

Ama yeter ki seni seviyorum deme. Çünkü seviyorum diyenler, iki gün sonra gidiyorlar... Sen gitme. Gerekirse al soyadımı, evlen benimle… İşte o zaman gerçek aşkı oynayalım seninle…

Kim ne derse desin, kalbi olanla güzel hayat sevince…

Hiçbir kadını çok severken gitmek zorunda bırakmayın.

Ne kadınlar görüyorum, sevdiği adam için vermediği mücadele kalmayan ve sonunda sadece kendini yıpratmış vaziyette bulan.

Ben bir erkek olarak bu hatayı hayatımda bir kere yaptım. Beni çok seven bir kadını benden yolcu ettim. Onu resmen benden, ben gönderdim. Onun gitmesi, belki de şu hayatta isteyeceğim en son şeydi. Onu o kadar benimsemiştim ki... Canımdan bir parça olmuştu sanki. Sonra o gitti. Ve canımdan birer birer söküldü parçalar. Sorarsanız "Hâlâ seviyor musun?" diye, yutkunamam. Ama şunu söyleyebilirim, gitmesini asla istemezdim. Her şeye rağmen sevdiği adam için her şeyi göze alan kadınlar mutluluğu hak eder, vedaları değil. Ve ben ona mutluluğu değil de, vedayı yaşattım. Üstelik gidişine de sessiz kaldım. Avazım çıktığı kadar bağırmam gereken yerlerde dilsiz gibi sessiz kaldım. Belki de bundan kaybettim bilmiyorum. Onu kaybettim ama ona ait bir yalnızlık kazandım. Ve yalnızlığına yerine kimseyi koymayarak sadık kaldım.

Daha sonra o kadının hayatına birini aldığını gördüm. Ağlamadım. Çünkü bana ait olmayan kadın için gözyaşı dökmek haddim değildi. Ağlayamazdım...

Ben zaten sevdiğim kadının bana katacağı huzuru asla tadamadım. Benim hak ettiklerim başkalarının elde ettikleri oldu.

İkisinin fotoğraflarını açıp saatlerce bakmışlığım, ağlayamamışlığım var. Ben onun yerine kimseyi koymazken, onun yerime başkalarını koyduğu halde ona zerre kadar kızmadım. Çünkü fotoğraflarında gözlerinin içi gülüyordu. Mutluydu...

Belki yerime koyduğu benden daha çok mutlu edecekti onu. Ama yine de yediremedim kendime bunu. Hatta mutlu olsun diye dualar etmişliğim vardı. Kızmam gereken birisi varsa bu o değil, kendimdim. Kendi kendimi ben bitirdim.

Aşk bir uçurum gibidir. Yapılan en ufak bir hata, insanın aşk hayatını bitirir. Sonra insan kendini aşkla yetindirmek isterken, koca bir yalnızlıkla yetindirir.

Bazı hataların telafisi yoktur. Telafisi olmayan hataları düzeltirken farkında olmadan bitiririz içimizdeki hisleri.

Koca denizin ortasında nereye gideceğimizi bilmeden sadece ve sadece kürek çeker gibi.

Olmayacak şeyleri olduğundan fazla düşünerek kendimize en büyük haksızlığı yapıyoruz.

Zaman geçiyor ve öyle bir hâl alıyoruz ki, içimizdekileri anlatmak istesek de sadece susuyoruz.

Yine aynı şeyleri yaşama korkusu mu, yoksa anlatsam da anlamazlar tedirginliği mi belli değil.

Sonra hissizleşiyorsun, hayatının tamamı böyle geçecek korkusu biniyor üzerine. Güçlü hâldeyken, yaşadıkların yüzünden bir diğer yarının tükenmiş olması da yoruyor belli bir noktadan sonra. Hiç kimsenin seni anlamayacağını kabullenmek de acıya dahil. Ve bunu nasıl küçümsüyorsunuz inanın hiç anlamıyorum. Kimse duymasın diye insanın kendi içinde attığı çığlıkları, görmesinler dışa akıtamadığı gözyaşları, yıkılan hayalleri, kırılan umutları nasıl küçümseyebiliyorsunuz anlamıyorum. İnsanın umudunun kalmaması, kendini bundan sonra hiç kimseye ifade bile edemeyeceği gerçeği, kalpsiz insanlar tarafından resmen ayaklar altına alınıyor. Benim içim içime sığmıyor. Siz nasıl bunu ufacık "abartmaya" sığdırabiliyorsunuz bunu da aklım almıyor.

İnsanı bazen onlarca şarkı arasında dinleyecek şarkı bulamayacak kadar çaresiz hâle sokuyor bu durum. Her şeyi kendi içinizdeki sesle yaşamaya yoruyorsunuz. Ne zaman sevmeyi öğrenecek o kalbiniz? Sevmeyi öğrenseniz bile bizim acılarımızla bir başımıza gözlerimizi bir noktaya sabitleyip, düşüncelere daldığımızı asla bilmeyeceksiniz. Biz seveceğiz. Her zamanki gibi siz gideceksiniz...

Kaybetmeyen kadınlar

Bazı kadınlar kalbindeki varını yoğunu bugün yanında olup, yarın belki olmayacak olan adam için verir. Bugün yanında var oluşuna aldanıp aşka aç kadınların sonu küt saçtır. Beline kadar inen bir kadının saçlarını yaşadığı aşk sonucu kestirmesine şaşırmamalısınız. Her sevdiği adam uğruna kalbindekileri harcayıp aşka nasıl tutunabilir ki bir kadın? Duygularındaki aynı heyecanı ve sıcaklığı kendinde nasıl bulur? Hiç şüphesiz aşka değer veren kadınların aklına ve kalbine aşk düştüğü zaman kendini ve mantığını kaybettiğini bilmeyen yoktur.

Ki tüm bunların kötü yönde kullanıldığını da.

Neden bir kadın sevdiği adamda kaybetmiyor kendini? Neden sevdiği adamın cümlelerinde rastlamıyor kendine de, gidişi uğruna okuduğu kitaplardaki cümlelerde buluyor. Neden yaşanılası her aşk yarım kalıyor sevmeyi bilmeyen insanlar yüzünden? Neden önem verilmiyor duygulara? Bir kadın bağlandığı zaman neden kördüğüm olup, o düğümü çözemediği için kesiyor saçlarıyla birlikte? Saçları ve düğüm değil de, umutlarını kestiği zaman kadın için bitmiştir aşk. Çünkü vazgeçtiği adamı hayatında geri istemeyen kadına yeni umutlar vaat edemezsiniz...

Bu kadınlar her ne kadar kaybeden kadınlar olarak gözükseler de dışarıdan, hayatta rollerini kaybetmeyen kadınlar olarak oynarlar.

Kazandıklarını zanneden bazı kadınların yanında, kaybetmeyen kadınlar olarak var olurlar. Sahte bir aşkı kazanmak için çırpınmak yerine, sadık bir yalnızlık kazanırlar...

Bu zamana kadar hiçbir kadının saçlarını kestirmesine yol açacak şeyler söz konusu olmadı bende. Benim yaptığım tek şey sevdiğim kadının saçlarını yorgan niyetine örtmekti yüzüme...

Kokusunu çekmekti içime... Sırf bu yüzden ziyan oldu kalbime ve içindeki sevgiye...

Bir kadın Sezen dinliyorsa, dile getiremediği acıları vardır.

İyi insanların verdiği mücadelelerde zafer elde ettikleri pek söylenemez. Zannetmeyin ki giderek kırdığınız kalpler bir daha sevmez, zamanı gelince öyle bir sever ki bunu hiç kimse bilmez.

Sevilen ne kadar sevilirse sevilsin bu sevgiyi çoğu zaman hissetmez. Bizim gibi insanların kalbinde ise değmeyecek insanları sevme alışkanlığı hiç bitmez...

Seni sen olmadan sevmek de yaşamaya dahil. Ve bu ne kadar acı yemin ederim ki bilmiyorsun...

Olmayacak şeyler

Güvendiğimiz herkes bir daha kimseye güvenmememiz gerektiğini öğretse de, olmayacağını bildiğimiz her ne varsa oldurmaya çalışmakta üzerimize yok. Kırılacaksak da kırılmadan dönmüyoruz yolun başından. Her ne olursa olsun, paramparça olacağımızı bilsek de güvenmeye itiyoruz kendimizi. Sonra mı? Sonrası uçurum...

Sonrası hep bir acı, hep bir kırgınlık. Sevmeyeceğini bildiğimiz insana ne anlamlar yükleyip o anlamların altında kalmış ve can vermişliğimiz var. Bakmayın yaşadığımıza. Biz sadece yaşıyor taklidi yapıyoruz. Seviyor taklidi yapanlar kadar başarılı olamasak da, elimizden bu kadarı geliyor. Belki çabaladığımıza değmeyecek insanlar için fazla yorduk kendimizi. Ama yine de kırıldığımız insanda dinlenmek istedik. Sonra yine hissizleştik. Karşımıza sevgiyi hak eden insanlar çıktı da, sevemedik. Bunun suçlusu biz değiliz. Biz aslında iyi insanlarız da, bizim çok canımızı yaktılar. Zaten bu hayatta bana en çok koyan da her şeyimle güvendiğim insanların bana bir daha hem sevmemem, hem de güvenmemem gerektiğini öğretmesi oldu.

Bir daha başkasına nasıl güvenilir, bir başkası nasıl sevilir inanın hiç bilmiyorum. Ben her defasında kırılacağımı bile bile güvenmeyi seçiyorum.

Değmeyecek insanlara anlamlar yüklemekte bir dünya markasıyız...

Büyük kalpler, küçük umutlar

Aşka değer vermeyen insanların, aşkta kazandıkları pek söylenemez.

İnsan her nerede olursa olsun, aşk için bile olsa şükretmeyi unutmamalı.

Bunca zaman hak etmediğim şeyleri yaşasam da, bana yapılanları ne herhangi bir başkasına yaşattım, ne de intikam almak için çaba gayretine girdiğim oldu. Beni sorarsanız benden insanlar kimlerin intikamını aldı, kimlerin acısını çıkardı sizlere sayamam bile.

Ama ben yine de kalbimin yönünü değiştirmedim. İnsanlara değer vermekten vazgeçmedim.

Güvenmeyi seçtim. Ama gelin görün ki, acıyan, kırılan, üzülen ve vazgeçilen sadece bendim.

En büyük risklerimden birisiyse değer verdiğim insanları her şeye rağmen göze alabiliyor olmam.

Bedeli belki ağır oluyor, ama yine de bunu başarabiliyorum. Yeterince can yakıcı oluyor. Kendi acılarımı bile saramazken, başkalarının acılarına merhem olmaya çalışıyorum. Bir yanım bitmiş, diğer yanım ise insanların yaralarını iyileştirmekle direniyor. Kimse beni anlamayacak. Ben de kendimi anlatabilecek kadar güçlü değilim zaten. Hayal kurmaktan yoruldum, artık bir şeyler olsun diye yakarışlarım sonrası içimdeki yaşama hevesini bile kırılmış vaziyette buldum.

Avazımız çıktığı kadar içimizdeki kırgınlıkları haykırmak yerine susmayı tercih ediyoruz. Yalnızlığımız ve içimize attıklarımızla biz bize yetiyoruz. Biz susuyoruz diye de bu sizin kusursuz olduğunuz anlamına gelmiyor. Siz sadece bizim sessiz ve boş vermiş tarafımıza denk geliyorsunuz.

Çünkü zamanında ağır yaralar almış bir insan olabildiğince sessiz olur. Müslüm Gürses'in de dediği gibi, bizim de acımız sevdiğimiz kadar işte. Size her şey olağan gelse de, biriktirdiğimiz ve anlatamadığımız o kadar çok şey var ki içimizde. Anlatmaya çalışsak, bitmez saatlerce.

Bu yüzden susmayı tercih ettik biz de…

Ben en güzel sana sustum.

Konuşmamız gereken yerde, en çok susmayı tercih ettik. Ve ben bunun bizim son susuşumuz olduğunu bilseydim, sana ağzım dolusu "Seni Seviyorum"lar adardım. Şimdi suç artık hiçbir "Seni Seviyorum"un kurtaramayacağı bende mi? Yoksa ardında tüm anıları bırakıp, arkasına bile bakmayıp giden sende mi? Sorun değil, ben bu sessizliğin suçluluk duygusunu üzerime alınırım. Bir zamanlar ağzından dökülen "Seni Seviyorum"ların bana ait olmadığını bildiğim hâlde üzerime alındığım gibi. Sen bile bende yokken, seni üzerime alınmışlıklarım vardı benim.

Geç fark ettim, ne zaman kördüğüm olursak olalım, sen bağlandığımız an kesmişsin bizi. Gitmişsin bizden, ziyan etmişsin sevgimizi. Ben hep yokken sevmişim bende ki olmayan seni... Olsun ben aşkta bunu hep yapmışım. Sen bana bir kere bile sarılmadığın hâlde bile, ben kokuna alışmışım.

Konuşulması gereken yerlerde sessizlik çanları, her aşkın son nefesinin belirtisidir. Susmuş bir kadının sevdiği adamdan vazgeçtiğini tahmin etmek güç değil...

Ben bu erkek hâlimde bir daha üzülmememin yolunu susmakla bulmuşken, orada yine sana rastladım. Ben sustum, ama senden vazgeçmedim. Seni sordular da tek kelime edemedim.

Çaresizdim, bilemedin. Oysa yapabildiğinin en iyisiydi gitmek. Sen de gittin.

"Senden tam vazgeçtim" dediğim noktada, cümlelerimde virgül olarak belirdin. Ben de hiçbir cümlemin devamını noktalamak için getiremedim…

Özleyip de sarılamamak diye bir şiir var. Kalpten başka hiçbir kitapta yazmaz…

Unutmuyorsan aşktır.

İnsanlar birbirlerini ne kadar çabuk unutuyor. Birlikte geçirilen zamanın, yaşanılan anıların, izlenen filmlerin, dinlenilen şarkıların, özlemle sarılmaların…

Hiçbir önemi yokmuşçasına seviyorlar sanırım…

Öyle bir vazgeçiyorlar ki birbirlerinden, ne önemi kalıyor duyguların, ne gereği kalıyor gözyaşların.

Her ne kadar zaman geçerse geçsin, bir insanla duygularını paylaşmışlığın varsa kolay kolay unutamazsın. Zaten karşına her çıkana hislerini sunamazsın.

Bir insanı sevmen için, onda kendine ait bir şeylere rastlaman gerekir. Bu bazen bir acı, bazen bir mutluluktur.

Ona sarıldıktan sonra üzerinden aylar geçse de, kokusunun üzerine sindiği kazağımı bir kere bile yıkamadım aylarca. Ben bununla yetinirken, insanlar birbirlerinin duygularıyla oyuncak gibi oynuyor.

Kurulması zor hayaller yıkılıyor. Seni seviyorum deniliyor, lakin gidiliyor… Kaç gün veya kaç ay geçtiğinin bir önemi yok. Unutuluyor…

Ben bu manzaraya şahit olduktan sonra insanlara hayallerimi anlatmıyorum. Acımı da, mutluluğumu da içimde yaşıyorum…

Sarılsak geçerdi. Aşk bizi teğet geçti.

Bazı acılar vardır, yalnızca bir sarılmayla geçer. Hani "sarılsak geçecek gibi" dedikleri şey var ya, aynen öyle işte... Acının boyutu ne derecede büyük olursa olsun, duygularınızın sahibi sizi iki kolunun arasına alıp, sımsıkı sardı mı hiçbirinden eser kalmaz...

Ama bizim durumumuz biraz farklıydı tabi. Sarılmak yerine birbirimizin kolunu kırdık biz. Sarılmamak için bahaneler ürettik. Yaşanması gereken aşkın içindeki onca yaşanacağa geç kaldık. Bunun sebebi belki bendim, belki o. Önemli olan bu da değil zaten.

Mühim olan geç kaldığımızdı. Haklı veya haksız kimin çıkacağından daha büyük, bizim bir daha sarılsak bile yaralarımızı saramayacağımız gerçeği vardı. Yaşanması gereken yerde, aşkı yaşaması gereken iki insan birbirine geç kaldığı zaman, iş işten, sevgi kalpten geçmiş oldu...

Geçmiş olsun...

Geçmiş oldu mu? Hiçbir fikrim yok. Bildiğim tek bir şey var, yazık oldu...

Ve bunun suçlusu ne sensin, ne de ben. Biziz. Sana olan sevgimi, en önemlisi duyduğum güveni suçu üstlenecek olmam geri getirecekse müebbet yatmaya razıyım kalbinde. Ama biliyorum ki giden hiçbir şey yerine gelmeyecek. Bu giden bir kalp de olsa, güven de...

Birbirimizi seveceğimiz yerde nefret etmeyi, tutmak yerine itmeyi, kalmak yerine gitmeyi tercih ettik. Seviyoruz dedik, vedadan öteye gidemedik.

Geçmiş olsun demeyeceğim sevgilim, hayırlımın sen olacağını umaraktan hayırlısı olsun demekten başka çarem yok...

Ne kadar mümkünsek, bir o kadar da imkânsızdık.

Sızıydık.

Bir ortasını bulamadık...

Kalbe dokunarak sev...

Dokunmadan, mesafelere rağmen sevmenin mümkün olup olmadığını seninle yaşadığım onca anın bana kattığı ihtimallerle öğrendim ben. Aramızdaki rakamsal uzaklık yalnızca sayıların yan yana kaldığıyla kala kaldı.

Yan yana olmalarına rağmen, bu yarım halimle her defasında onları yenip, seni buldum. Fedakârlık değil midir zaten aşk? Yarımken onu tamamlamak değil midir? Ya da tamken eksilmek midir sevdikçe?

Eksikken onu sevdikçe daha çok eksildiğini hissediyorsan bu aşk değil, acıdır. Okkalı bir acıdır hem de.

Eğer yarım hâlinle onu sevdiğin zaman tamamlandığını fark ediyorsan, bu aşkların en güzelidir.

Tamamlamaktır zaten aşk. Yarım bırakmak değil.

Ne güzel demiş Barış Manço: "Yaz dostum, güzel sevmeyene adam denir mi?"

Şimdi ilk gün seni seviyorum deyip, ikinci gün ortadan kaybolanlar olarak, bu soruya cevap verin de görelim.

Sahi siz adam mısınız?

Ne güzel sevmeyene adam, ne de sevgini hissettiremediğin birine seviyorum denmez...

Yazdım çünkü yaşadım.

Yazmak için yaşamak, yaşamak için yazmak gerekmez. Ve her yazılan yaşanmış sayılmaz.

Ağızdan çıkan her "seni seviyorum" da gerçekçilik taşımaz. Yürekten gelmiyorsa bu cümle, sevmenin veya seviyorum demenin bir anlamı kalmaz. Duygular yok oldu mu, o güzelim hisler ortaya elma da desen, armut da desen çıkmaz...

Ne güzeldi değil mi sevdiğimizi çocukluk dönemlerimizdeki oyunlarda görüp bilerek sobelememek? İnsan geriye şöyle bir baktığında, en güzel şeyleri ardında bıraktığını hissedince bir boşluğa düşüyor. Duygulanıyor.

Benim de yazdıklarımdan dolayı, yazdıklarımı gerçekten yaşayıp yaşamadığım söz konusu olabiliyor. Ben duygusal bir adamım. Kolay bir şekilde her şeyden nem kapabiliyorum. Bu yüzden duygularımı paylaşmayı seviyorum.

Aşktan anlayan senle de kalbimi paylaşmayı seviyorum. Bencil bir insan değilimdir.

Bencil bir insan, saygıyı ve sevgiyi kendisiyle paylaşamaz. Paylaşsa da karşı tarafa sunamaz.

Bu nedenle duygusallık genellikle kaybettiriyor insana, bunun farkındayım.

Hangimiz kazandı ki zaten duygularını açığa çıkardığında?

Yazmak için yaşamak gerekmiyor. Geçmişini bir film şeridi gibi gözlerinin önünden geçirdiğin zaman, bir film çıkıyor ortaya... Ve bu filmde en önemli oyuncu, yani başrol sensin. Yaşadıklarından, yaşamak istediklerinden, gözlemlediklerinden bile yola çıkarak yazabilirsin.

Ben hem yaşadım, hem yaşamak istedim. Hem de yaşayamadıklarımı yazdım. Ortaya karışık anlayacağın...

Kahrolsun duygusallık...

Neresinden bakarsanız bakın, hayatımıza sevmesini bilmeyenden, değer bilmeyenden başkasını alamadık. Gidemedik bir adım daha öteye...

Gitmek de bize göre değil zaten.

Çünkü aşkın kitabında gitmek yazmaz...

Yazsa yazsa, ''Sen benim yaşadığım ve yaşamak istediğim en güzel günlerimsin" yazar.

Annene kendi anneme sesleniyormuş gibi "anne" demek istiyorum yazar. Bizim kalbimizde ise gitmek isteyenler, kendi kuyusunu kendi kazar. Gidenin yasını bir ömür tutacak değiliz ya, bizim sevgimizde biter azar azar...

Sen onu bunu boş ver, ben senin annene "anne" demek istiyorum. Bunu bir düşün bence.

Sonra aşkın en güzel kitabında "evlilik cüzdanı" yazsın...

Eskisi gibi olmayacak korkusu

Bazı vedalardan daha çok acıtır, hiçbir şeyin eskisi gibi olmayacağını bilmek.

Hani böyle eskisi gibi hissedemeyeceğini bilmen ve eskisi gibi hissetmeye çalışmak için elinden geleni yapsan da boşa çekersin kürekleri. Olduğun yerde sayar, iki adım öteye gidemezsin. Sevmemen gereken insanları sever, vazgeçmen gereken insanlardan vazgeçemezsin.

Elinden geleni yaparsın, ne olursa olsun eskisi gibi hissedemezsin.

Katlanacağını zannettiğin şeylere katlanamazsın. İnsanların ağzından çıkan cümlelerle değil de, kendi içine attıklarınla ilgilenirsin. İnsanlar belki sana onlara bel bağlamanın bedelini ağır ödetiyor, sen artık insanlara bel bağlamamayı öğreniyorsun. Sahiplendiğin o insan artık başkasına ait ve sen iki damla gözyaşı akıtamıyorsun.

En ufak bir şeyine kırıldığın insanın gidişine fırtınalar koparmıyor için. Sadece susuyorsun. Olan biteni izlemek sana yetebiliyor. Sustuğun her dakika insanlar seni güçsüz zannediyor.

Ama sen güçsüz değil, olan biten her şeye tek kelime edemeyecek kadar güçlüsün. Ve gücünü bunlar için harcamak istemiyorsun.

Değer verdiğin ve güvendiğin insanların yüzüne kapatmadığı kapı kalmıyor.

Yanında kimse kalmıyor. Ama bu seni güçlü kılıyor.

İçinde bastıramadığın hisler var biliyorum. Bazen geçsin diye dua ediyorsun, bazen içinde kalmasını istiyorsun. Dolup taşsan da bastıramadığın o hislerin seni sen yapıyor, biliyorsun. Ve seni öldürmeyen her acı, daha da güçlendiriyor. Hissediyorsun...

Aşka açık ol.

İnsanın içinde taşıdığı hisler varken, nerede olduğunun pek bir önemi yoktur. Önemli olan hislerinin doğruluk payı. İnsanların sevmediği hâlde, anlamlı cümleler har vurup harman savurması sinirimi de bozmuyor değil.

Sevmediği hâlde "Seviyorum"lar ağza sakız olmuş durumda. Herkes birbirine uzunca cümleler kuruyor. Herkes birbirini sevdiğini söylüyor. Sevgi hissettiriliyor mu, hissediliyor mu kimse bunu bilmiyor. İnsanlar ne çok seviyor aşkı lafla yaşamayı. Çaba isteyen konulara hep bir Fransızlar. Mesafeler dahi olsa bir bilet alıp sevdiği insanın yanına gitmeye erinenler, günümüzün en çok âşık insanları. Her ne kadar engel olarak görmesek de bazı mesafeler, ecelidir bazı aşkların.

Mesafelerin hiçbir zaman sevgiyi hissettirmeye ve aşkı yaşamaya engel olduğu kanısına tabi tutmadım kendimi. Mesafeler insanın gözünde büyüttüğü kadardır. Gider bir bilet alır ve mesafeleri ortadan kaldırır.

Mesafeleri engel gören kalbe acıları daha başka bastırır.

Sevmemek için bahaneler üretmeyin. İnsanın aşka olan duyguları güneş gibidir. Bazen siyah bulutlar güneş ışıklarının önüne geçip, insanlara ulaşmasını nasıl engelliyorsa, duygular da böyledir aslında.

Bazen etrafına saçtığın ışığa engel olacak şeyler olabilir.

Ama şöyle de bir gerçek var ki, gökyüzü maviye aittir, mavi gökyüzüne.

Kısa vadeli kapanan havalarla insanların duygularını kendinden uzaklaştırması normaldir. Gökyüzünün maviye ait olduğu gibi kalp de aşka aittir. Sevmeyeceğim deyip bir ömrü yalnız geçiremezsin...

Aşkla arana duvarlar örmek yerine, duvarları yıkmaya çalış. Çünkü aşktan kaçan değil, ona koşan hak eder mutluluğu...

Aşka açık ol. Aşkta cesur ol.

Sevmiyorsan, seviyorum deme.

İstemiyorsan, istiyorum deme.

Seviyorsan, hissettir sevdiğin kadının kalbine.

Özlemiyorsan, uzun cümleler kurma.

Aklında başka biri varsa, duygularla oynama.

Aldatacaksan aldatırım de.

Bir şey de.

Yeter ki susma...

Aşkta cesur olmayan mutluluktan uzak olur.

Bir kadın nasıl sevilmeye başlanır?

Bir kadını sevmek için belirli bir sebep aramamak gerekir.

Sayarsak işin içinden çıkamayız. Sadece önemli noktalara değinirsek, bir kadın yarım kalan çocukluk yanından sevilmeye başlanır. Avuç içi çizgilerini ezbere bildiği tek adamın, yani babasının bıraktığı yaralardan sevilmeye başlanır. Yaz ya da kış hiç fark etmez, acıları yüzünden elmacık kemiklerine yağan yağmurdan sevilmeye başlanır.

Duygularını korktuğu için rafa kaldıran o ürkek yanından sevilmeye başlanır. Saçlarından sevilmeye başlanır. Sevmek istediği adama güvenmek istediği noktadan sevilmeye başlanır. Bir kadın acılarından sevilmeye başlanır. Daha sonra merhametinden sevilmeye başlanır. Merhameti olmayan kadının, güzelliği hiçbir kalpte bir değere sahip olmaz. Bir kadın sevdiği adamla ileriye dönük kurduğu hayallerinden başlanır sevilmeye. Sonra yüreğinden sevmeye başlanır. Endişe ile bakan gözlerinden sevilmeye başlanır. Bir kadını her ne olursa olsun, yarım kaldığı ne varsa tam o noktadan tamamlanıp sevilmeye başlanmalıdır.

Bir kadın korkularından ve endişelerinden sevilmeye başlanır.

Hayat karşısında güçsüzdür çoğu kadın. Bir kadın güçsüzlüğünden başlanır sevilmeye. Bir kadına konuşmak yerine, en çok onu anlamaya çalışarak başlanır sevilmeye.

Bir kadının sevilebileceği bu kadar çok nokta varken, kalbini kullanamayıp bunların hepsini ıskalayan erkeğe adam sıfatı giydirenlere de buradan selamlar.

Ben bir kadını ilk olarak babasının eksik bıraktığı yerden sevmeye başlarım. Çünkü bu benim hayatta en büyük acım. Sonrası mı? İcap ederse bu ömrü ona adar, kalbimdeki aşkı onunla paylaşırım...

Kadınlar gökyüzü gibidir.

Ve her erkek uçmayı bilmez.

Her ne kadar "kadın derin, adam yüzme bilmiyor" deseler de, derin olan biri varsa o da adamdı. Her erkeğin uçmayı bilmediği gibi, her kadın yüzmeyi bilmez. Ya da yorulmuştur. Çünkü temelini zor attığı hayallerinin yıkımına, yanlış denizlerde attığı kulaçlarda şahit olmuştur. Sonra adam da boğulmuştur... Adamın derinliğinden değil, denizin kirliliğinden...

Bazen derinlik önem taşımaz. Kadın öyle her adamın denizinde kulaç atmaz. Önemli olan burada suyun temizliği. Bazı kadınların tertemiz hayalleri, kirli sularda kendileriyle beraber derin sulara gömüldü...

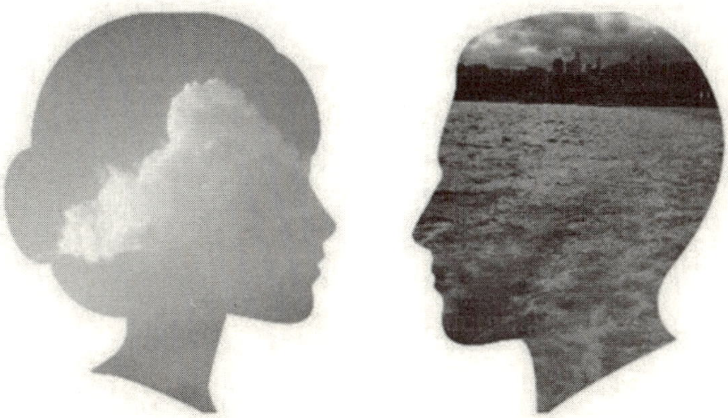

Bazı aşklar gökyüzü ve denize benzer. Kavuşmaları zor olsa da, aynı özellikleri taşırlar. Lakin imkânsızdırlar. Sadece aynı rengi ve aynı özelliklere sahip olduklarıyla kalırlar.

Ve adam gökyüzü için hiçbir şey yapamasa da, gökyüzü yalnızca yeryüzü için ağlar... Deniz ve gökyüzü birbirine kavuşamaz. Ama birbirlerine aitlerdir.

Pekâlâ, kavuşamayacak olmalarına mı üzülmeli? Yoksa birbirlerine ait olmalarına mı sevinmeli? Hayat işte... Kaşıkla verdiğini kepçeyle öyle bir alıyor ki, insanın elinde yetinip mutlu olabileceği hiçbir şey bırakmıyor.

Kadın gökyüzü, adamın kanatları yok...

Allah var, ben seni güzel sevdim.

Yerine bir başkasını koymayı deneseydim, aşka ihanet etmiş olurdum.

Bende bıraktığın yaralar henüz tazeyken, kalbimdeki aşkı bayatlatmak için çabalarım olmadı. İyisiyle kötüsüyle yaşadığımız anıların her biri çivi gibi çakılıyken vücudumun her yerinde, başka biri bulunamazdı kalbimde.

Ve ben sana aitken, sevemezdim hiç kimseyi bu sevgiyle. Beni parçalara ayırsan da, sana gelirdim yine içimdeki hislerle. Sevginden şüphe etmedim. Sevgine saygına zaten dil uzatamazdım. Ama benden gittikten iki gün sonra başkasının elini tutmak, bana ve aşka yapılan en büyük haksızlıktır. Ben içimdeki acılara ağlarken, seni başkasına tutunurken gördüm. Ayrılık her aşkta yazar, buna kabulüm. Ama iki gün önce seni seviyorum dediğin adamdan gittikten sonra, başkalarına tutunmak hiçbir kitapta yazmaz. Ne sevenin, ne sevilenin, ne yenilenin, ne de içilenin önemi var artık...

Senin başlangıç olarak gördüklerini ben yapsaydım, bu benim sonum olurdu.

Ve üzülerek söylüyorum ki, aynı acıları paylaşıyor olmamız sana yetmedi. Ben hayatımda göze almayacağım şeyleri sana inat, aşka inat, insanlara inat her şeye rağmen seni göze alarak aldım. Seninle farklı şehirlerde olmak benim suçum değildi. Elimde olsa, yaşadığım şehri olduğu gibi senin yaşadığın şehrin yanına koyardım. Gerçi sen yine bir bahane bulur, sevmezdin beni. Sensiz bir şekilde seni çok seviyor olmam sana yetmedi. Sana bunun için tek bir çırpınışım yetmedi. Seni kendinden çok seven adam sana yetmedi. Ama bir gün senin de anlayacağını biliyorum. Emek verdiğin insandan çaresiz bir şekilde vazgeçtiğin zaman anlayacağını biliyorum. Bundan sonra hayatında ne tür bir acın olursa olsun, omzum sana daima açık. Gelirsin, ağlarsın, anlarım.

Belki içten içe kanarım. Belki dayanırım. Belki yine çırpınırım. Ama sanmıyorum ki bundan sonra senin için tek bir kapı açarım. Allah var, ben seni güzel sevdim. Rabb'im sevsin seni. Ben vazgeçtim. Bundan sonra ne seni sever, ne yollarımı sana çıkarırım.

Sarılmamız gereken konular birikti. Diğer çiftler bizden önde. Sen zaten, ben devamsızlığından aşkta sınıfta kaldın. Açık olsun bahtın. Kalmasın bende aklın, çıkmayacak sana sokaklarım…

Aşkta mantık aranmaz.

Aşka mantığı yaşanacaklar getirir.

Mantık en çok erkekte bulunmalıdır. Çünkü aşkta en baskın tarafın erkek olduğunu hepimiz biliyoruz. Ben kalbin mantıkla bir işi olduğunu düşünmüyorum. Kalbin uğraşı sevgiyledir. Ama mantığın da sevginin yolundan geçtiğini unutmamak lazım tabii. Her kadın sevdiği zaman yitirir mantığını biraz. Burada erkeğin adamlığı sahne alır, kadının kaybettiği mantık açığını kapatır. Çünkü kadın aşkta en heyecanlı tarafı oynar ve büyük bir role sahiptir. Her şey onun ağzından çıkacak olan iki kelimeye bakar. Her ne kadar kadının üstünlüğü olsa da, erkeğin de üstünlükleri vardır.

Sevdiği kadının açığını kapatması, aşkın en anlamlı sahnesidir. Ki bu da en çok erkeğe yakışır. Günümüz aşklarına şöyle bir baktığınızda kimi erkekler sevdiği kadınların açıklarını kapatmakta, kimi kadınlar ise değmeyecek adamlar için saçlarını süpürge etmekte.

Kalbi aşka bulanan bir kadının, saç uçlarının kırılmasına şaşırmamalısınız...

Aşk mantık yoluyla bulunur. Kalp değil. Plan yapmadan, geleceğe yönelik hayallere fazla kaptırmadan yaşamak lazım onu. Çünkü bir şeyin üzerine ne zaman düşersen düş, her şey senin üzerine düşüyor. Altta kalıyorsun. Sonra kalkman daha da zaman alıyor. Zaten zaman geçmiş oluyor. Olan hayatından giden günlere, haftalara oluyor...

'Aşkın gelişi mantığın gidişidir' rolünü kadın oynar. Bir erkeğin bir kadını sevdiğini, en ufak bir şeyde ona arkasını dönüp gitmesi yerine, aşkından destek alarak zorluklara göğüs germesinden, kadının işin içine aşkın girmesiyle giden mantığını, kendi mantığıyla doldurmasından anlayabilirsiniz.

Basit duygulara anlamlar yüklemeyin. İsraf haramdır, hislerinize yazık etmeyin. Sevin...

Bazı kadınlar erkekliği, bazıları ise adamlığı yaşamak ister.

Yani erkekliği yaşamak isteyen kadınlar kendilerine sadece seni seviyorum denilmesiyle yetinebilir. Oysa adamlığı yaşamak isteyen kadınlar, sevdiği adamın varlığını hissetmek ister. Sevildiğini duymasa da olur. Her nerede olursa olsun, sevdiği adamın varlığını hissetmesi ona yeter...

Erkek olmakla adam olmayı aynı bakış açısına tabi tutan onca insan, mantık kaybı yaşarken, onların yaşadığı bu mantık kaybını hiçbir şey onlara geri kazandırmıyor. Sabit fikirli insanların duyguları sadece kendilerine yönelik oluyor. Sonra aşk uğrayacağı varsa da onlara uğramıyor.

Mantık ve aşkı bir puzzle gibi düşünebiliriz. Her bir parçanın birbirine ihtiyacı olan bu çerçevede gurur, saygı, güven, empati, sevgi, özlem, ilgi, sahiplenme içgüdüsü gibi parçalar aynı tabloda bir araya gelip birbirini tamamlıyor. Buna da aşk deniyor...

Her şeyin masallarda olduğunu umarak bu aptalca düşünceye esir olan insanlar masallara esir olmaya devam etsinler. Şöyle bir gerçek var ki unutmayalım, masallar da insanlar tarafından yazılır. Geriye oynanması kalır. İnsanlar üşengeç olduğu için her şeyden kaçar. Sevmez, seviyorum der. Sevse bile hissettirmez. Hissettirse de onca acıya değmez. Bu yüzden aşkı yazmak da, oynamak da insanın kendi elindedir. İş mantıkta biter.

Aşk sarhoşuyuz biz. Aşk olmasa da gideceklerini bile bile kalbimizin kafası güzel haliyle severiz...

Günümüz aşkları ve acıları

Sevgi kavramının suyunun çıkarılması, insanların menfaatlerini gidermesi için adlandırdığı ''sevgili'' tanımına tapmaları yüzünden gerçek aşka bir türlü ulaşılamıyor. Ya da aranılan aşk, şu anda bir başkasıyla görüşüyor. İster hatta kalıp bekleyin, isterseniz kapatın gibi...

Etrafınızdaki insanlara şöyle bir bakın, onlara baktığınızda etkilenecek ve kafanızda sürekli yalnızlık psikolojisi sizi rahatsız edecek. "Hayatımda neden biri yok?" diye söyleneceksiniz. Bu azimle aşkta her fırsatı değerlendirmek isteyeceksiniz. Sonra hayallerinizin kırıklarını temizlerken bulacaksınız kendinizi. Bakın, aşkta her fırsat değerlendirilmez.

Bazı fırsatlar zaten kaçınılmaz. Ama aynı şey aşk için geçerlilik taşımaz. Bazen engel olmalısın duygularına ve kalbine. Çünkü umutlandığın zaman beklentilerin seni her daim üzdüğünü anlayacaksın. Ama beklentilerin insanı zaten kırdığını biliyorsun. Ama her fırsatta bunu kendine ödetmene gerek yok. Seçici olmalısın.

Kalbine ve hislerine yakışanı sevmeye çalışmalısın. Sevgili gözüyle değil de, sevdiğim gözüyle bakman için biraz daha seçiciliğini konuşturmalısın.

Tanımalısın mesela. Ama öyle çaya kaç kaşık şeker attığıyla, kullandığı parfümün adını, en sevdiği rengi, en sevdiği yemeği bilmeye çalışarak değil. Tamam bunlar da bir yerde önemli, ama önceliğin duyguların uyumu ve kalplerin uyumu.

Merhameti olmayan birini sevemezsin zaten. Duyguların ona yakışacak mı? Onun kokusunu aldığında kalbinde kelebekler uçuşacak mı? Onun yanındayken zamanın su gibi akıp gittiğinin farkına bile varamayacak kadar habersiz vaziyette hazırlıksız yakalanacak mısın? Böyle tanımalısın. Bir insanın çayı kaç kaşık şekerli içtiğini bilerek tanımış sayılmazsın.

Güvenmek için yeterli sebepleri yukarıda size saydım. Zaten günümüz ilişkilerinin herhangi bir üründen farkı yok.

Son kullanma tarihi üretim tarihiyle aynı anda sona eriyor...

Aşkta kısıtlama ve kıskanma

Her aşkta olağan bu iki kavramı dozunda uyguladığın zaman herhangi bir sorunla kolay kolay karşı karşıya gelmezsiniz. Ama abartısı yıpratır. Kızlar, kendinize evcil hayvan muamelesi yaptırmayın. Şahsen benim kız arkadaşım bir yere gitmek istediğinde onu eve tıkacak hâlim yok, ama onu gideceği yere ben bırakır, ben alırım. Çünkü o benim.

Gerçekten seven bir erkek, kadın üzerindeki baskısını makul olarak dengelemelidir. Aşırı baskınlık kadını ürkütür. Çünkü kadınların kendi doğruları vardır. Bu doğruları yanlışa çevirmek için çabalamak yerine, o doğrulara ortak olmak gerekir.

Sizi sokak boyu ağlatan bir adamı sakın ve sakın asla affetmeyin. Seni böylesine yaralayan bir adam diğer seferinde öldürebilir.

Sonrasında olan sana olur. Yani hele ki sokak boyu çaresizce gözyaşı dökmene sebep olan bir adamı affetme. Söz geçir kalbine. Bilirsin, bazen gözyaşı yetersiz kalır acını tarif etmeye...

Gözyaşlarının acılarını değil de, yüzünde açan papatyaların mutluluğu tarif edebilmesi dileğiyle.

Sağlık olsun

Bu eksik halimle benden daha çok tam olan insanları tamamlamaya çalıştım hep. Ne insanlara yaranabildim, ne de çabalarıma bir değer biçildi bunca zaman. Çiğ süt emmiş varlıklara yaranmayı beklemek aptallık olurdu zaten. Kendi yüzümde defalarca en güzel gülüşlerimin cenaze namazını kılmışlığım varken, başkalarının yüzüne tebessüm eklemek için kendi gülüşlerimden vazgeçtim. Ama yapmış olduğum fedakârlıkları göremeyecek kadar körleşmiş insanlara çabalarımı göstermek benim körlüğüm oldu. Olsun be, olsun. Böylesine tükenmişliğim varken, başkalarını tamamlamaya çalıştığımı dile getirmekte benim körlüğüm olsun. Bunca zaman tüm benliğimden vazgeçip karşımdaki insanlara fedakârlıklar yaptım. Bunların karşılığında yaşadığım onca acıyı hak ediyor muyum? Koyun elinizi vicdanınıza, hak ediyorsam eyvallah.

İnsanlar kendilerinde başkalarının kusur sandıkları şeyler için bile kendimi erteleyişlerim vardı. Buna rağmen iki adım atamayacak hâle gelmişken, yine de bir şeyler için koştum. Ama çabuk yoruldum. Yapılan iyilik söylenmez ama beni öyle bir hâle getirdiler ki, ne içimdeki sevgiyi gizleyebildim, ne de yaptığım iyilikleri içime gömebildim. Sustuğum her dakika içime battı çünkü.

Çığlıklarda boğulmak yerine, ben yine eksikken insanları tamamlamaya çalıştım. Her tamamlamaya çalıştığım insan bende derin yaralar açtı. Daha da eksildim... Dağınık olduğumu ve eksik haldeyken bile insanlar onlar için çabalarımı fark ettiklerinde beni biraz daha dağıtıp eksilttiler. Olsun, canları sağ olsun.

Onların ayıbı iyilikten anlamamak, bizim ise yaptıklarımızı dile getirmek olsun.

Aşk olmadı belki ama en azından sağlık olsun.

Aşk kırıntıları kalp doyurmaz.

Belki benim gerçeklerim senin ihtimallerini bozmaz. Belki seni sensiz seviyor oluşum uzaktan yakından ilgilendirmiyor seni. Belki ilgi odağın ben değilim. Belki dünya sana göre aşkın etrafında dönmüyor. Belki duygularını eskisi gibi önemsemiyorsun. Belki sevmek içinden bile gelmiyor. Belkiler bu ara çok klişe. Belkileri bir kenara bırak. Seni geçtim, hadi beni de geçtim, aşka bir şans ver. Yememiz gereken yemekler var, içmemiz gereken içecekler var. Benim en büyük hayalim seninle aynı mekânda aynı yiyecekleri yiyip, aynı içecekleri içmek. Yemin ederim fazlası yok. Aşkı yaşamayı hak etmeyen onlarca insan aşkın içindeyken, bense yalnızca seninle aynı yiyecekleri yiyebilmenin umuduyla yetiniyorum. Konu zaten sen olunca ben hep azla yetindim. Adın geçti, karnımı aşk kırıntılarıyla doyurdum.

Çünkü sevmek bazen elinde olmayan şeylerle bile yetinmeni gerektiriyor. Ve sen bu senaryoyu tek başına oynamak zorunda kalıyorsun. Her şeyi, herkesi bir kenara bırak. Bu gece her şeyi bir kenara bırak, saçlarını yüzüme sür. Dinsin şu içimin sızıları. Ben de gideyim, iki kahve koyayım fincana. Sen az şekerli seversin. İçelim karşılıklı.

Sevdiğin ne varsa hepsinin listesi kafa tasımın içinde saklı.

Hangi yemeği sevdiğin, hangi şarkıyı ne sıklıkla dinlediğin, kahveyi nasıl içtiğin, en çok sürdüğün oje rengi...

En sevdiğin ne varsa hepsine hakimim. Sen bilmesen de olur. Sen, benim bunları biliyor olmamı bil. Ben bilmiş sayarım seni. Bu da bir nevi yetinme çabaları işte...

Yemin ediyorum sana sarılınca içimdeki tüm sızıların ağrı kesicisi senin o şampuan kokan saçların oluyor. Yüzüme sür onları, ölümsüz ilan et içimin ağrılarını.

Lütfen,

bari bunu bil...

Yeter…

Çok şükür.

Erkek seni seviyorum der, adam sevdiği kadının tuzlu kahvesini içer. Bizim gibi seven adamlar sevdiği kadının tuzlu kahvesini içmek istedikçe, yoluna her zaman yalnızlıkla devam eder. Ama kimse bilmez, bizim kalbimiz daima Yaradan'a tevekkül eder...

Bugüne kadar kimseye hiçbir şey hissetmezken kimsenin karşısına çıkıp, insanlara umut verip, onları ortada bırakmadım. Kimsenin duygularıyla oynamadım. Hayallerini yıkmadım. İnsanlar gerçek hayattan daha çok hayal dünyasına yakındırlar. Çünkü her şey orada tıkırındadır. Yani bir insanın gerçekleştirmek veya yaşamak istediği bir hayali onun hayatta tek tesellisi olabilir. Sırf bunu kırmamak için defalarca kendim parçalara ayrıldım. Ama yine de mühim değil, alıştım...

Onlar gitse de ben hep kaldım. Ulaşırım dediğim limanlara çıktığım yolculuklarda hep battım.

Hiç kimse dört dörtlük değil elbette. Mükemmel diye bir şey yokken insanların bu denli mükemmeli aramaları ve mükemmelmiş gibi davranmaları da ayrı bir gülünç. Ne dört dörtlük, ne de mükemmelim. Hak etmediğim nerede bir acı varsa başrolündeyim...

Dört dörtlük değilim belki ama ederinden fazla severim...

Çok şükür sevmediğimiz halde seviyoruz demedik.

Çok şükür umut verip yarı yolda bırakan olmadık.

Çok şükür giden taraf olmadık.

Çok şükür insanların duygularıyla oynamadık.

Çok şükür hayallerini yıkmadık.

Çok şükür ah almadık.

Şimdi bunların hiçbirini yaşatmadığımı sorgulayanlar olacaktır belki. Bana dokunmayan yılan bin yaşasın hesabı, canımı yakmayanların canını yakmadım. Ama artık canımı yakanları da görmemezlikten geliyorum. Çünkü o kadar hissizleştim ki, canımın yandığını bile hissetmiyorum.

Başucuma koyacak kadar değer biçtiğim kim varsa, yalnızca gidişlerini izleyebiliyorum.

Ama yine de çok şükür...

Kalbi enkaz dolu bir kadın eskisi gibi nasıl sever ki?

Aldatmanın cinsiyet ayrımını yapmaya çalışmak yerine, neden aldatıldığımızı veya içimizdeki duyguları adayacağımız insanı hayatımıza alırken, daha özenli ve seçici olmaya gayret göstermeliyiz. Gerçi ne tür gayret gösterirsen göster, aşka aldanışın bedeli aldatılmak oluyor...

İstersen hayatında kimse için yapmadığın fedakârlıkları o insan için yapmış ol, hiçbir zaman böyle çabalamamış ol, karşındaki insanın mayasında bir sorun varsa sen ne yapabilirsin ki?

Ben sana yapabileceğin şeyi söyleyeyim. Kendine kızarsın...

Yapabileceğin tek şey budur. Ben bu insanı nasıl sevdim demekten başka bir cümle çıkmaz ağzından. Çıksa ziyan olur kelimelerine. Bir insan kendine ''Ben bu insanı mı sevdim?'' diye soruyorsa, o insanın derin acıları ve pişmanlıkları vardır.

Kendine kızman gereken bir şey yok. Dünyaları da önüne sersen, eşeğe altın semer de vursan, eşek yine eşektir. Bir insanın içinde ve niyetinde arsızlık varsa, sen hayatında vermediğin çabayı onun için vermiş olsan da ne yapar eder senin ahını alarak arsızlığını sergiler...

Fırında çalıştığım zamanlarda, kazandığım iki kuruş parayla okul harçlığımı çıkarmanın şükrüyle yaşadığım gecenin birinde işten gece yarısı 02:30 sularında çıktım. Öğrenciyim, gündüz okuyor akşam çalışıyorum. Hayat şartları malumunuz. Bizim yüzümüze hep dişleri dökük güldüğü için biz kendi gülüşlerimizle yetinmek için kendi ayaklarımızın üzerinde iyisiyle kötüsüyle durabiliyoruz.

Cadde bomboş. Yanıp sönen trafik lambaları ve kaldırımda bağdaş kurmuş, yirmi yirmi beşli yaşlarda ağlayan bir kadından başka hiç kimse yok. Hani gecenin en tenha saatleri, ağladığı için belki sıkıntısını çözerim amacıyla yanına yaklaştım. Rimeli yüzünü siyaha bulamış vaziyette hıçkıra hıçkıra ağlıyordu. Kadını tanımıyorum, ama onu o an öylece gördüğümde yüreğim sızladı.

Yanına yaklaştım ve "İyi misin?" diye sorduğumda bana verdiği cevap şu oldu. "Hepiniz ilk başta böyle geliyorsunuz, sonrası bu işte." Ben tabi ne olduğunu anlayamadan o anlattı bana her şeyi.

Üç yıllık ilişkisinden sonra erkek arkadaşının en yakın arkadaşıyla birlikte olduğunu öğrenmiş. Aldatılmış anlayacağınız. Yani o da benden. Babasına bile sunmadığı sevgiyi sunduğunu, hayatında kimse için girmediği çabalara girdiğini, normalde aşka inanmadığını, ama her şeyin varlığına onu severek inandığını söyledi bana. Gelin görün ki böylesine sevebilen kadınlar hep böyle enkaz altında kalabiliyor. Şimdi ben bu kadına "Senin yaşadıklarının aynısını ben de yaşadım, acılarıma ortak olup, beni sever misin?" diye sorsam buna bile yanaşmaya korkar.

Çünkü aşktan anlamayan ciğeri beş para etmez bir adam yüzünden. Gecenin bu saatine bu kaldırımda böylesine çaresizce ağlayan bir kadının acısını hiçbir cümle anlatamaz.

Onu bu hâle düşüren bana mısın demezken, bu kadını tanımadığım halde bile böyle gördüğümde ciğerim dağlandı.

Yani diyeceğim o ki, yapmayacağınız her ne kaldıysa, bırakın kalsın. Sevdiğiniz insanın limanına yanaşmanıza değmiyorsa geminiz, bırakın batarsa batsın...

Sevdiği adam için her zorluğa göğüs gerip, mücadele eden kadınları bir daha sevmeye korkar hâle getirdiniz. Şimdi adamlık bunun neresinde?

Sen gelme, kolay gelsin.

Git dedikten üç saniye sonra "gitme" diye yakaran Sezen Aksu, ''Severim ama güvenemem ki" diyen Yıldız Tilbe'nin çaresizliği var üzerimde uzun bir süredir. Böyle bir şeyi çok istiyormuşsun da, olmaması senin için daha sağlıklı gibi. Böyle adım atmak istiyormuşsun da, ayakların seni geriye atıyor gibi. Hiç kimse bana bu çaresizliği, bu ikilemi tattırmamıştı. Bana afiyet oldu, başka kalplerde daha çok sevileceğini umarak benden giden sana yazık...

Senden başkasını bir daha böylesine derin sevmeyeceğim gerçeği seni mutlu edebilir. Ama şunu unutma ki, benden daha çok sever diye gittiğin kim varsa seni ederin kadar bile sevmeyecek. İnsan hayatta bir defa çok derin severmiş. Ve ben yüzme bilmediğim hâlde senin sularına bırakmıştım kendimi. Senin derin sularında ve sana dair içime attıklarımda can verdim aşka. Ben seni üzmem dediğinde bile daha önce iyileşmesi mümkün olmayan yaralarımın acısı geçerdi. Ben senin ağzındaki yalanlarla doyurmaya çalışırken kalbimi, ziyan etmişsin sana hayatta bir defa sunulan bu derin sevgiyi.

Ama ben bu acıyı yaşadım. Hayatımda ilk ve son kez en derin anlamlarla seni sevdim. Geceni aydınlatmak için yanan sokak lambasının güneşin doğduğu ilk dakikalarda sönmesi gibi. O sıcaklıkla sevdim...

Sen hayatında derin anlamlar yükleyerek kimseyi sevmedin. Duyguları üzerinde yoğunlaştığın insana yüklediğin anlamların altında kaldığında, hissizleştiğinde geriye kalan hayatının öyle geçeceği kaygısını hissettiğinde, içine attıklarında boğulduğunda beni o zaman anlayacaksın.

Gerisini sen düşün, bu acı artık beni acıtmıyor. Zordur kalbin ilk savaşından sağ çıkması. Allah kolaylık versin...

Koptuk

"Senin gibi bir insanı sevdiğim için kendimden utanıyorum." demek yerine, "İyi ki seni sevmişim." demek istiyorum. Hayat tabi ki maviden ibaret değil. Girdiğimiz siyahların içinden birlikte çıkalım istiyorum. Pazar sabahına birlikte uyanıp pijamalarımızla seninle pazar kahvaltısı yapmak istiyorum. Ama gel gör ki istediğimle kalıyorum. Ben bu aşkta her zaman safı oynuyorum. Biliyorum belki çok şey istiyorum. Ama kimse sana benim gibi hak ettiğinden fazla sevgi sunmaz, bunu biliyorum. Sunsa bile, sana benim gibi güzel bakmaz. Hani bana "Diğerlerinden farkım ne?" diye soruyordun ya, senin bir farkın yoktu zaten. Sana ben farklı baktım. Görmek istediğim gibi gördüm. Sevmek istediğim gibi sevdim. Seni kimse benim gözümden görmeyecek. Bu yüzden farkın olduğunu düşünme. Seni farklılaştıran, ederinden seven bu kalbimdir. Ne yaparsan yap, seni gördüğünde minik bir serçe gibi çırpınan bu kalbimin hakkını ödeyemezsin. Nerede ve kiminle olduğunun hiçbir önemi yok. Sen bir daha asla böyle sevilmezsin...

İnceldiği yerdik,

koptuk.

Aşk olsun bağlayabilene...

Siz bana bakmayın, kusura bakın.

Hayatımda değer verdiğim insanların, beni verdiğim değerin altında ezmelerinden sıkıldım. Hissizleştiğimde hayatımın geri kalanının böyle geçip gideceği kaygısıyla yaşamaktan sıkıldım. Onca insanın arasında güvenip, varımı yoğumu adadığım insanın diğerlerinden bir farkı olmadığında tam ortadan kırıldım. Duygularımın hiçe sayılmasından, güvenimin yok edilmesinden, gülüşlerimin solmasından, kimsenin ne düşündüğümü ve ne hissettiğimi önemsememesinden sıkıldım. En güzel hayallerimi değmeyecek insanlar uğruna ziyan etmekten yoruldum. Derin yaralarımın acısı henüz çok sıcakken, yarasını sardıklarımın bende yeni yaralar açmasından bunaldım. Farklı zannettiğim kim varsa, herkes çıkmasından sıkıldım. Yanılmaktan sıkıldım. Söylenecek şeylerin olduğu noktada yorgunluğum yüzünden dilsiz kesilmekten sıkıldım.

İnsanlar kırılmasın diye susmaktan, onların beni parçalara ayırmasından sıkıldım. Sarılmak istediğim insanların beni uçuruma itmelerinden sıkıldım. Her şeyim diye sevdiğim insanın hiçbir şeyi olduğumu görmekten sıkıldım. Aslına bakarsanız ben birçok şeyden sıkıldım. İnanın o kadar sıkıldım ki, gücüm hissettiklerimi anlatmaya bu kadar yetti.

Sadece yorgunum. Tabi biraz da hissiz. Ve biraz da sevgisiz. Neyse bakmayın bana siz. Kusura bakalım biz. Çünkü artık yeter...

Kapanış

Çiğ süt emmiş varlıklarız. Gördüklerimizden daha çok duyduklarımıza inanırız. Gıybete bayılırız. Kadir kıymetten anlamaz, çoğu zaman seveceğimiz yerde kalp kırarız. Nankörlükte master yaparız. Elimizdekiyle yetinmeyi bilmez, elimizdekinin değerini onu kaybettiğimizde anlarız. İlk fırsatta daha sıkı düğümleneceğimiz yerde, inceldiği yerden her şeyi kopartırız. Beş dakika sonramızın garantisi yokken, insanların tutunduğu tek dalı, hayallerini yıkarız. Birlikte gülmek varken, daima ağlatmaktan yanayız. Konuşmamız gereken şeylere dilsiz, duyulması gerekenlere sağırız. Sevdiğimiz tarafından kırılırsak toparlanamayız. Allah diye aşkımız var. Ona bir secde, iki avuç içi kadar yakınız... Konu dua olunca, hep bir yakınırız...

Yahu bizler insanız işte. Bu kadarız...

Bu hayatta her şeyin başlangıcının olduğu gibi bir de sonu var. Her insanın ölümü tadacağı gibi, her aşkın da ayrılığı tadacağı gerçeği gibi…

Baki olan şey ise merhamet ve vicdan...

Merhamet insandan gitmesin, gerisi zaten halloluyor. Karşınıza kim çıkarsa çıksın çok sevmiş olsanız, yerinize başkası konulmuş dahi olsa merhametinizden ve vicdanınızdan uzaklaşmayın. Çünkü uzaklaşanlar dönecekleri yolu bilmiyorlar... Sizden gidenlere beddualar savurmaya gerek yok. "Rabb'im gönlüne göre versin" deyip, kesin gidişinin biletini. Bu ona da yeter, size de... Günü gelir, aşkın en kalıcı hali gelir girer kalbinize...

Kalırsınız bir ömür en güzel sevgiyle...

Gülümsemenin bile sadaka olduğu bu hayatta, iyi kalpli insanların kötü kalpli insanlara varını dökmesi ziyan değil, Allah katında berekettir. Neticede sevgi kolay kazanılan bir şey değil.

Size iyilikle ilgili bir hikaye anlatıp, yazıyı sonlandırmak istiyorum.

"Günlerden birinde Hz. Musa bir köpeğin acıdan sızlandığını görerek hayvana yaklaşır. Ve Hz. Musa'nın köpeğe yaklaştığını gören insanlar da Hz. Musa ve köpeğin yanına gelir. Hz. Musa, köpeğin neden acı çektiğini anlamaya çalışırken ayağına diken battığını görür. Orada bulunan insanlar ise ey Musa: o köpektir, iyilikten anlamaz. Isırır seni. Bırak gitsin diye tepkilerini gösterirler.

Nitekim Hz. Musa köpeğin acı çektiğini gördüğü için insanların bu söylemine kulak asmayıp, ayağındaki dikeni çıkarmakta kararlıdır. Köpeğin canının acısı ürkek halinden bellidir. Ve dikenin ayağından çıkmasının acısıyla Hz. Musa'yı ısırır. Ama dikeni çıkarmayı başarmıştır. Sonrasında insanlar haklı çıkmanın mağrurluğuyla yeniden Hz. Musa'ya söylenir: ''Köpeğin iyilikten anlamayacağını, seni ısıracağını söylemiştik. Neden bizi dinlemedin?" diye sorarlar.

Ve Hz. Musa doğrularak tepkisini bu yönde gösteren insanlara gayet makul bir şekilde şu cevabı verir; "O bir köpek. Ben de bir insanım. O köpekliğini yaptı, ben de insanlığımı..."

Yani diyeceğim o ki, iyilikten vazgeçmeyin. Her zaman arkasından gidin hislerinizin... Acı bile çekecek olsanız, aşka acıyla bakın... Üzüleceğinizi bilerek sevin. Acısı bol aşkın, ömrü uzun olur...

İnsan aşktan uzaklaştığı an, duygularındaki o sıcaklığı arıyor çoğu zaman. Köpeğin bile köpekliğini yaptığı, insanların ne yazık ki insanlığını yapamadığı bir gökyüzü altında nefes alıyoruz. Ne olursa olsun, mavinin her zaman en güzel tarafından bakın. Kim köpekliğini yaparsa, siz o kadar insanlığınızı yapın... Köpek kadar sadık kalamayan insanların yaşadığı bir dünyada, köpeğin köpekliğini yapmasına şaşırılmaz...

İnsan gibi insan kalmamız dileğiyle.

Sevmekten kaçmayın. Her ne olursa olsun kötülüğe bile iyilikle bakın. Rabb'iniz size bir secde, iki avuç içi kadar yakın.

Hayatında kimse yoksa, üzülme. Basit gelmesin sana bu cümle. Avuçlarını göğe aç, bak yaradan seninle...

Hiçbir duadan çekinme. Niyeti gören Allah, en hayırlı kapıları açar kalbine...

- Son -